KB128385

TIME
ROULETTE
타임룰렛

타임룰렛 3

초판 1쇄 인쇄일 2017년 8월 25일 ㅣ **초판 1쇄 발행일** 2017년 8월 29일

지은이 최예균 ㅣ **펴낸이** 곽동현 ㅣ **담당편집 팀장** 이범수
편집부 신연제 김예리 이윤아 홍현주 김유진 조서영 임소담 정요한 김미경

펴낸곳 (주)조은세상 ㅣ **출판등록** 제 2002-23호
주소 경기도 연천군 미산면 청정로 1355
TEL 편집부 02)587-2966 ㅣ **FAX** 02)587-2922
e-mail bukdu@comics21c.co.kr

최예균 ⓒ 2017
ISBN 979-11-6171-111-9 ㅣ ISBN 979-11-6171-108-9(set) ㅣ 값 8,000원

북두
(5) 좋은세상

TIME ROULETTE

타임룰렛 3

최예균 현대판타지 장편소설

NEO MODERN FANTASY STORY

CONTENTS

CONTENTS

TIME
Roulette
타임룰렛

Chapter 27. 대가

　'곤란하네.'

　순식간에 분위기가 무겁게 가라앉았다.

　이 상태가 계속되면 구조 작업에도 지장이 생길 수밖에

없었다.

　사람이란 마음이 무거워지면, 행동거지가 굼떠지기 마련

이었다.

　머릿속에 계속해서 잡념이 떠오르기 때문이다.

　짝!

　손바닥이 얼얼하도록 박수를 치자 주변의 시선이 내게로

모여들었다.

　"벌어지지 않은 일은 지금 신경 쓰지 맙시다. 일단 가장 중요한 것은 이곳에 갇힌 생존자들을 구조하는 겁니다. 이런 식으로 우리끼리 시간을 끄는 사이 생존자들의 고통은 더 늘어만 갈 뿐입니다."

"……도사님 말이 맞습니다. 제가 너무 앞서 나간 것 같군요."

굳어 있던 표정을 풀며 최찬호가 고개를 끄덕였다.

다른 구조대원들 역시 하나둘 고개를 끄덕이더니, 다시 이전의 표정을 되찾았다.

"미스터 한. 당신은 가끔 보면 내가 알던 사람을 보는 것 같은 기분이 든다."

옆에서 가만히 상황을 지켜보던 웰든이 불쑥 한마디를 던졌다.

내가 물음표 어린 눈빛을 하자, 웰든이 옆에 있는 차일드의 어깨를 두드리며 말을 이었다.

"이 녀석의 아버지가 자네 같은 모습을 자주 보이고는 했지."

아버지라는 단어가 흘러나오자 무덤덤하던 차일드의 표정에도 변화가 생겼다.

그 모습에 떨리는 입가를 억지로 움직여 미소를 지었다.

모르긴 몰라도 도깨비 가면이 없었다면, 당황한 표정의 얼굴이 그대로 보였을 것이다.

"하……하하. 그냥 기분 탓 일 겁니다. 기분 탓."

시선을 돌리고는 어깨에 메여 있던 로프를 바닥에 내려놓았다.

생존자가 있을 것으로 추정되는 곳은 현재 구조 팀이 위치한 것보다 아래.

약 3m 정도를 더 내려가야 한다.

임시 지휘소와 테스크포스가 입수한 도면을 확인한 결과.

붕괴 이전 지하 주차장과 분리수거장으로 사용되던 곳으로 파악되었다.

'문제는 정상적인 통로는 모두 막혔다는 거지.'

엘리베이터 작동 불가.

비상구의 계단은 마치 싱크홀처럼 푹 내리꺼져 있었다.

어둠이 가득 깔린 그 모습은 흡사 지옥으로 들어가는 입구와도 같았다.

하지만.

중장비를 동원할 수 없는 지금 유일하게 지하로 내려가는 방법은 바로 그 입구뿐이었다.

"괜찮겠습니까?"

로프의 매듭을 맺고 있으니, 최찬호가 고리를 내밀며 말했다.

"뭐가 말입니까?"

"도사님의 능력이야 계속 봤기 때문에 저희 모두 잘 알고 있습니다."

생존자를 찾아내는 능력은 물론 어지간한 소방관은 흉내 내지 못할 구조 기술.

그것만으로도 놀라운데, 상황을 판단하는 판단력과 결단 력 또한 뛰어났다.

그래서 최찬호는 눈앞의 도사가 더욱 걱정되었다.

"그런데 내려가다가 자칫 몸이라도 상하시면……."

"아직 구조해야 할 사람들이 많이 있습니다."

"차라리 제가 내려가는 게 어떻습니까?"

박근종과 정일섭이 뒤따라 말을 이었다.

'이 사람들이!'

쓴웃음이 지어지기는 했지만, 그렇다고 해서 기분이 나 쁜 것은 아니었다.

오히려 좋았다.

소방관들이란 원래 이런 사람들이다.

조금 더 좋은 장비를 욕심내는 것은 자신의 몸을 위해서 가 아니다.

자신들이 구조해야 할 사람들을 더 안전하게 구조하기 위해서였다.

또한, 그들이 아프면서도 웃고 있는 것은 바보이기 때문 이 아니라.

단지 자신들이 웃어야 사람들이 힘을 낼 수 있기 때문이 었다.

'그래서 난 이들이 좋다.'

입가에 절로 미소가 지어졌다.

"적어도 여러분보다 먼저 쓰러지는 일은 없을 겁니다. 걱정하지 마세요. "

사람들의 얼굴을 한 번씩 쳐다본 후 시선을 옆으로 돌렸다.

하강 준비를 끝낸 차일드의 모습이 보였다.

꼼꼼히 차일드의 착용 상태를 점검하던 웰든이 OK 사인을 보냈다.

"그럼, 갑시다."

차일드와 눈빛을 교환한 뒤 발을 떼며 조심스레 무너진 비상구의 구덩이로 발걸음을 디뎠다.

"그대로 푸세요. 아! 아까보다 조금 천천히요."

스륵!

탁!

스르륵!

탁!

로프와 줄이 풀리고 멈추기를 수차례.

아무런 장애물이 없다면, 패스트 로프처럼 수직 활강을 하면 된다.

그러나 곳곳에 부서진 콘크리트와 철근이 뾰족한 창처럼 튀어나와 있었다.

수직 활강을 한다면, 순식간에 고추장 묻은 꼬치가 될 판이었다.

"차일드, 괜찮습니까?"

헤드라이트의 빛에 의지해서 확인하니, 그의 얼굴 곳곳에 땀방울이 맺혀 있었다.

"괜찮다. 그보다 당신은 정말 놀랍군."

"예?"

"이런 상황에서도 땀 한 방울 흘리지 않다니. 혹시 그 기라고 하는 것을 다루는 건가? 동양인들은 그런 것을 사용할 수 있다고 들었다. 그…… 브루스 리처럼 말이다."

"흠흠."

차일드가 뜬금없이 이소룡과 함께 기를 거론하자 순간 웃음이 터질 뻔 했다.

하지만 그러기에는 그가 너무나 진지한 표정을 짓고 있었다.

스윽!

옆으로 튀어나온 철근을 살짝 피하며 말했다.

"그냥 남들보다 신체 조건이 좀 더 좋을 뿐입니다."

정산의 방에서 포인트로 구매한 것이긴 하지만.

어찌 됐든 남들보다 신체 조건이 좋은 것은 사실이었다.

단지 좋다는 것의 차이가 있을 뿐이다.

"으음……."

"그보다 슬슬 도착한 것 같네요."

라이트의 빛을 아래로 향하게 하니, 바닥의 모습이 시야에 들어왔다.

쿵!

로프의 고리를 풀러 바닥으로 착지하고는 주변의 모습을 확인했다.

지하의 상태는 생각보다 양호했다.

콘크리트 벽에 균열이 가기는 했지만, 적어도 아직은 이동 가능한 루트가 살아 있었다.

"이 정도면 그나마 다행이군."

차일드가 구조 조끼에서 막대 형태의 LED를 꺼내 벽에 박아 넣으며, 중얼거렸다.

나 역시 동의한다는 뜻으로 고개를 끄덕이고는 무전기를 작동했다.

치직

"들리십니까?"

[지지직…… 들립니다.]

"곳곳에 균열이 있기는 하지만 생각보다 양호한 상태입니다."

[그거 다행입니다. 지지직…… 추가로 인원을 내려 보내겠습니다.]

"일단 확보된 이동 경로로 진입해보겠습니다."

[알겠습니다.]

통신을 끝내고 난 뒤 차일드를 보며 말했다.

"일단 안쪽으로 들어가 보죠."

고개를 끄덕인 차일드가 가지고 내려왔던 장비 중에서

일부를 바닥에 내려놨다.

생존자가 상처를 입었을 경우를 대비, 후송을 위해 몸을 최대한 가볍게 한 것이다.

나 역시 최소한의 장비만을 챙기고 발걸음을 옮겼다.

그렇게 얼마나 걸어 나갔을까.

뒤따라오는 차일드를 향해 조심스레 말을 걸었다.

"저기 차일드."

"……?"

"……아버지에 대한 물어봐도 되겠습니까?"

사실 처음 만났을 때부터 하고 싶은 말이었다.

하지만 웰든을 비롯한 주변의 시선 때문에 차마 제임스의 얘기를 꺼낼 수 없었다.

"아버지라. 당신도 아버지의 무용담을 듣고 싶은 건가?"

그의 목소리는 어딘지 모르게 씁쓸함이 묻어났다.

"그런 것보다는 그냥 평소에 어땠는지 그런 것들이요."

"특이하군. 하지만, 딱히 해줄 수 있는 말은 없다."

"예?"

"아버지의 얼굴을 볼 수 있는 시간은 한 달에 한 번. 그마저도 긴급 출동이 있으면, 볼 수 없었지. 그 흔한 놀이동산은커녕 외식 한 번 제대로 했던 적이 없다. 어쩌다 같이 밥을 먹어도 곧 전화를 받고 나가셨거든. 으차."

통로에 다시금 막대 행태의 LED를 박아 넣으며 차일드가 말을 이었다.

"그럴 때면, 어머니는 언제나 어색하게 웃으면서 아버지가 남긴 음식을 내게 덜어주곤 했지. 그리고 항상 집으로 돌아가면 아버지가 무사하기를 간절하게 기도하셨다. 아버지의 전화가 올 때까지 말이야. 그래서 어린 시절에는 아버지를 미워했다. 가족도 챙기지 못하는 사람이 대체 왜 남을 구하는데 그렇게 열심히 인지 이해할 수 없었으니까."

"그런데 왜……."

"소방관이 되었냐고?"

멈칫!

걸음을 멈추고 시선을 돌려 차일드를 쳐다봤다.

"9.11테러가 끝나고 참 많은 사람들이 나와 어머니를 찾아 왔다. 대부분 아버지가 구조를 한 사람들이었지. 그들은 하나같이 눈물을 흘리며, 힘들어하고 있던 나와 어머니를 위로해줬다. 그 해가 지나고 다음 해가 찾아와도. 또 다음 해가 찾아와도 그들은 아버지의 고마움을 잊지 않고 나와 어머니를 찾아줬어. 그리고 늘 이렇게 말했지. 죽음을 두려워하지 않고 자신을 구해준 아버지를 늘 영웅으로 생각하고 있다고 말이야."

"……."

"소방관이 된 이유는 그런 그들의 마음속에 있는 아버지가 걸었던 길이 궁금했을 뿐이다. 덕분에 아버지가 얼마나 대단한 소방관이었는지는 알게 됐지. 하지만……."

툭!

차일드가 내 어깨를 두드리고는 걸음을 옮겼다.

"그건 어디까지나 한 사람의 소방관으로의 생각일 뿐이야. 가족으로, 내 아버지로서 존경을 받으려면 아버지께서는 그곳에서 돌아가시지 말고 당당한 걸음으로 돌아왔어야 했다. 나와 어머니가 기다리는 집으로 말이야. 그러지 못한 아버지는…… 그냥 훌륭했던 소방관일 뿐이야."

"……."

"나와 어머니에게 필요했던 사람은 전설적인 소방관 제임스가 아니라…… 그저 평범한 아버지이자 남편이었다."

터벅터벅!

작은 중얼거림과 발걸음 소리.

나는 점점 멀어져 가는 차일드를 곧장 따라갈 수 없었다.

아니 고개조차 똑바로 들 수가 없었다.

그렇지 않으면 억지로 참고 있는 눈물이 터져버릴 것 같았다.

'미안합니다. 미안해요. 차일드…….'

내가 할 수 있는 것이라고는 그저 마음속으로 끝없이 용서를 구하는 것뿐이었다.

후두둑!

"됐다!"

박칠현의 외침과 함께 벽에서 흙더미가 쏟아져 내리며, 작은 구멍이 모습을 드러냈다.

동시에 흙을 파내던 사람들이 움직임을 멈추고 구멍으로 모여들었다.

"안에 뭐가 보이나요?"

손태진의 물음에 구멍으로 얼굴을 내밀었던 박칠현이 몸을 바로 했다.

"네, 아무래도 소리의 정체는 찾은 것 같습니다. 물탱크의 호스였어요."

"물탱크?"

손태진이 반문하자 박칠현이 자리를 비켜줬다.

그러자 손태진 역시 구멍으로 얼굴을 내밀어 반대쪽 상황을 살폈다.

거대한 물탱크가 보였는데, 연결이 끊어진 호스 하나가 바람이라도 부는지 흔들리고 있었다.

'퉁'이라는 소리는 흔들리는 호스가 물탱크의 본체와 부딪힐 때 나는 소리였다."

"이거 괜한 고생을 한 꼴이네요. 그래도 사람이 아니어서 다행입니다."

구멍에서 물러난 손태진이 멋쩍은 표정으로 말했다.

하지만 작업을 했던 사람 중에서 화를 내는 사람은 없었다.

비록 힘이 들기는 했지만, 마음속의 찜찜함을 덜 수 있기 때문이었다.

적어도 한 사람이 이 말을 꺼내기까지는 말이다.

"괜한 고생이라니! 물탱크라면, 당연히 물이 있을 거 아닙니까? 지금 몇 시간째 물 한 모금 제대로 마시지 못하고 있는데, 이제 물 걱정은 하지 않아도 되겠습니다."

양주찬의 지적에 사람들의 시선이 다시 구멍 건너에 있는 물탱크로 향했다.

그의 말대로 자리에 모여 있는 사람 중에서 물을 가진 사람은 아무도 없었다.

지금까지는 어떻게든 갈증을 참아 냈지만, 앞으로도 그럴 수 있다는 보장은 없었다.

박칠현이 모호한 표정으로 말했다.

"그렇다고 해도 저 물탱크는 그림의 떡이에요. 구멍 주위가 콘크리트로 덮여 있어서 흙을 파낸다고 해도 저쪽으로 넘어가지 못할 겁니다."

손태진이 다가가 구멍 주위를 확인하더니, 박칠현의 말에 동조했다.

"확실히 이런 상태에서 무리하게 충격을 줬다가는, 우리가 있는 쪽에 무리가 올 수도 있겠군요."

"이런, 젠장."

구멍을 넓힐 수 없다는 소리에 양주찬이 다가와 팔을 집어넣어 봤다.

하지만 애초에 팔을 집어넣는 것만으로는 할 수 있는 일이 없었다.

"뭔 놈의 구멍이 이리 코딱지만 한 거야. 이래서야 어린 아이가 아니면 도무지……."

신경질적으로 말을 잇던 양주찬이 갑자기 말을 멈추고는 고개를 한쪽으로 돌렸다.

그리고 그곳에는 엄마 품에 안겨 있는 여자아이가 있었다.

양주찬의 행동을 지켜보고 있던 손태진의 입가가 비틀렸다.

'저 인간이…….'

흡사 먹이를 노리는 뱀과 같은 눈빛.

속내를 확인하지 않아도 지금 그가 무슨 생각을 하는지 충분히 알 수 있었다.

"여러분 일단 제 생각에는…… 으아악!"

말을 잇던 양주찬이 갑자기 비명을 지르며 몸을 움츠렸다.

그리고 그런 그의 어깨에는 손태진의 손이 올려져 있었다.

"이런. 어깨가 불편해 보였는데, 혹시 다친 거 아니십니까?"

능청스러운 손태진의 행동에 양주찬이 눈을 부릅떴다.

"아니, 지금 당신이……."

"많이 불편하시다고요?"

어깨를 잡은 손아귀의 힘이 한층 더 강해졌다.

"으윽."

신음을 토한 양주찬의 표정이 바보처럼 일그러졌다.

스윽!

손태진이 고개를 가까이하며 작게 중얼거렸다.

옆에 있는 양주찬만이 간신히 들을 수 있는 소리였다.

"오래 살고 싶으면, 아이는 건들지 마세요."

지금까지 손태진의 목소리와는 전혀 다른 소리였다.

아니, 입가는 여전히 미소를 짓고 있었다.

다만 그 속에 칼이 서려 있을 뿐.

꿀꺽!

양주찬은 전신에 치밀어 오르는 소름에 자신도 모르게
침을 삼켰다.

그의 목젖이 크게 출렁거렸다.

'이. 이 새끼 뭐야?'

비록 중소기업이지만, 양주찬 역시 상무 자리에 오르기
위해 수많은 사람을 만났다.

그래서 잘 알고 있었다.

손태진과 같은 부류가 얼마나 무서운 사람인지 말이다.

양주찬이 슬쩍 동공을 움직여 손태진을 봤다.

시선이 마주친 손태진이 그런 그를 향해 입술을 달싹였
다.

[당. 신. 그. 러. 다. 죽. 어]

부르르!

참았던 소변을 보듯 고개를 숙인 양주찬이 몸을 떨었다.

그 모습에 손태진이 슬그머니 그의 어깨 위에 올렸던 손을 치웠다.

"몸이 많이 안 좋으신 것 같은데 저쪽으로 가서 좀 앉아 쉬세요."

"……."

"양주찬 씨?"

"예? 아, 쉬…… 쉬겠습니다."

화들짝 놀란 양주찬이 구석으로 급히 걸음을 옮겼다.

때마침 엄마 품에 안긴 여자아이가 손태진을 바라보고 있었다.

그는 아이를 향해 방긋 웃어주었다.

그 모습에 아이가 얼굴을 붉히며 엄마 품 안을 파고들었다.

'그래, 그렇게 얌전히만 있으렴. 그게 이 아저씨를 돕는 거란다.'

양주찬이 자리에 앉는 것을 확인한 손태진이 주변 사람들을 둘러보며 말했다.

"여러분. 아무래도 피로가 많이 누적된 것 같은데 일단 앉아서 좀 쉽시다. 그리고 혹시 핸드폰이 터지는 곳이 있는지 찾아봅시다. 연결만 되면, 저 물탱크의 위치만 알려줘도 구조대가 훨씬 빨리 우릴 찾을 수 있을 겁니다."

사람들이 장소를 조금씩 옮기며 핸드폰을 확인하는 사이.

박칠현이 구석에 앉아 있는 손태진의 옆으로 다가와 앉았다.

손태진의 핸드폰은 이미 배터리가 다 된 상태였다.

"저기…… 뭐 좀 물어봐도 될까요?"

"물어보세요."

머릿속의 생각을 정리하고 있던 손태진이 눈을 뜨며 말했다.

박칠현이 슬쩍 주변 사람들을 모습을 확인하더니, 목소리를 한층 낮춰 입을 열었다.

"저기 아까 왜 그러셨어요?"

"뭐가 말입니까?"

"……양주찬. 저 아저씨한테요. 아이는 건들지 말라고 하셨잖아요."

스윽!

손태진이 고개를 돌려 자신의 옆에 앉은 박칠현을 쳐다봤다.

무심하기 짝이 없는 눈빛.

바라보는 것만으로도 왠지 자신이 한없이 작아지는 것 같은 느낌이었다.

박칠현이 손에 힘을 주고는 애써 그 눈빛을 피하지 않고 마주 봤다.

"아, 아이가 걱정되어서 그런 것 맞으시죠?"

피식!

가볍게 웃음을 터트린 손태진이 시선을 돌리고는 말했다.

"칠현 씨. 대학생이에요?"

"네? 아, 네."

"군대는 다녀왔고요?"

"작년에 전역했습니다."

"그럼, 알겠네요. 물을 흐리는 미꾸라지를 그냥 놔두면 그곳이 얼마나 빨리 흙탕물이 되는지. 처음에는 한 마리가 물을 흐리기 시작하죠. 하지만 시간이 갈수록 다른 미꾸라지들도 같이 물을 흐립니다. 그때 가서 그 흙탕물을 다시 맑은 물로 만들려면, 여간 손이 많이 가는 게 아니에요."

박칠현이 조용히 자신의 군 생활을 떠올려봤다.

손태진의 말대로 분명 그런 사람.

미꾸라지가 있었다.

그는 처음에는 홀로 분대의 분위기를 흐렸지만, 시간이 지나자 몇몇이 그와 어울리기 시작했다.

불만을 표하는 병사들이 늘어났지만, 소대장은 애꿎은 이들만 구박하기 일쑤였다.

당연히 분대 분위기는 개판이 되어 갔다.

손태진이 구석에 힘없이 앉아 있는 양주찬을 보며 말을 이었다.

"그럴 때는 조금이라도 빨리 물을 흘리는 미꾸라지는 건져내야 합니다. 아니면, 그 미꾸라지를 죽이던가. 어느 쪽이든 선택을 해야 물이 흐려지는 걸 막을 수 있죠. 그냥, 내버려두면 그 물에서는 더는 아무도 살 수 없으니까요."

그의 말 대로였다.

개판이 되었던 분대 분위기는 그 누구도 되돌릴 수 없을 것으로 생각됐다.

그러나 그건 단지 박칠현의 착각이었을 뿐이었다.

새로 취임한 중대장이 칼을 뽑아 들자 거짓말처럼 흙탕물이 맑아지기 시작한 것이다.

물을 흐리던 미꾸라지들을 중대장이 전부 영창을 보내거나, 전출시켰기 때문이었다.

그로 인해 주변 간부들은 중대장의 인사고과에 악영향이 있을 것을 걱정했지만, 정작 중대장은 태평했다.

이유는 나중에 전역할 때쯤 행보관이 스쳐 지나가듯 중얼거린 소리로 알 수 있었다.

[그것 참. 중대장 아버지가 사단장님이었다고? 그래서 대대장이 찍소리도 못 했구만.]

박칠현의 눈에 손태진의 모습과 중대장이 겹쳐 보였다.

"덕분에 조용해져서 좋지 않습니까? 쓸데없는 말을 하는 사람이 없으니, 딴 생각을 가지는 사람도 없고. 뭐, 최악의 상황은 그때 가서 생각해도 늦지 않습니다. 물론 그 전에 구조대가 오겠지만 말이에요."

"저기 구조대가 올 것으로 어떻게 확신하세요?"

"내가 누구라고 생각합니까?"

"……."

"나 손태진입니다. 대한민국 정점에 있는 권력자를 아버지로 둔 사람이죠. 대통령 아들이 갇혀 있어도 나보다 빨리 구조되지는 않을 겁니다. 후후."

손태진이 자신감 어린 표정으로 말했다.

박칠현이 아무런 말을 하지 못하고 있자 손태진이 어깨를 으쓱거렸다.

"이런 사고를 겪은 건 모두에게 불행한 일이지만, 이곳에 제가 있으므로 불행 중 다행인 겁니다. 누군가 미꾸라지처럼 물을 흐리지 않는다면, 모두 안전하게 구조될 수 있을 테니까요. 물론, 그 미꾸라지는 제가 꽉 쥐고 있을 테니 걱정 마세요."

"……."

박칠현이 멍한 표정을 짓고 있자 손태진이 그의 어깨를 툭 쳤다.

"당연한 얘기지만, 이 얘기는 우리 둘만의 비밀입니다. 쉿! 아셨죠?"

"아, 알겠습니다."

대답함과 동시에 박칠현은 한 가지를 깨달을 수 있었다.

유튜브에서 봤던 영상.

그 영상은 잘못된 것이 아니었다.

인간은 누구나 극한의 상황이 되면, 숨겨진 본성을 꺼낸다.

어린아이라도 사지로 밀어 넣으려고 했던, 양주찬처럼 말이다.

하지만 그건 어디까지나 평범한 사람.

어중간한 위치에 있는 경우일 뿐이었다.

자신의 위치와 존재를 자각하고 있는 사람.

그런 사람은 절망적인 상황에서도 무너지지 않는다.

오히려 그 상황에서조차 빛을 뿜어내었다.

그리고 정확히 3시간 뒤.

"거기 혹시 사람 있습니까?"

손태진이 자신한대로 구조대가 도착했다.

그리고 KV 백화점이 붕괴한 지 10일이란 시간이 흘렀다.

끼익!

현관문을 열고 들어서자 앉아서 마늘을 까고 계시는 아버지의 모습이 보였다.

"다녀왔습니다."

"그래, 봉사 활동은 잘했고? 어이구. 얼굴이 반쪽이 됐네."

이리저리 내 얼굴을 살피는 아버지를 보며, 멋쩍은 웃음을 지었다.

아버지는 내가 단순히 학과의 선배들과 함께 붕괴현장으로 봉사활동을 갔다고 알고 있었다.

TV나 신문, 인터넷에서 붕괴 현장을 찾아 봉사 활동을 하는 대학생들을 자주 보여줬기에 별다른 의심은 없으셨다.

"이럴 게 아니라 고기라도 좀 사와야겠구나. 읍내 좀 다녀올 테니, 쉬고 있으려무나."

"아버지 저 진짜 괜찮은데요."

"괜찮긴! 군소리 말고 쉬고 있어."

까던 마늘을 한쪽으로 밀어 놓은 아버지는 곧장 지갑을 챙겨 들고는 밖으로 나가셨다.

"진짜 괜찮은데……."

이미 사라진 아버지의 뒷모습을 바라보며, 머리를 긁적

거렸다.

거짓이 아니라 진짜로 몸에는 아무런 피로감도 없었기 때문이었다.

"뭐, 그래도 풀보다는 역시 고기지."

어깨를 으쓱거리고는 방으로 들어서자, 깨끗하게 정리된 방안의 모습이 보였다.

10일이나 자리를 비웠지만, 방안에는 먼지 하나 없었다.

룰렛 역시 아버지에게 당부했기 때문인지, 책상 옆에 고이 놓여 있었다.

털썩!

"하아. 진짜 길었다."

의자에 앉아 몸을 뒤로 젖히자 지난 몇 주의 일이 주마등처럼 머릿속에 떠올랐다.

마치 몇 년은 될 것 같은 긴 시간이었다.

제임스가 되어서 세계무역센터에서 구조 활동을 벌였고.

또 본래의 나로 돌아와 KV 백화점에서 일주일이 넘는 시간 동안 구조 작업에 참여했다.

그렇게 구한 사람이 합쳐 백 명이 넘었다.

물론 이런 일을 벌였음에도 내 얼굴은 철저하게 비밀에 가려져 있었다.

딱 두 사람을 제외하고는 말이다.

"한지혜…… 그리고 차일드."

한지혜, 그녀는 그 사고 이후 곧장 붕괴 현장을 떠났다.

아무런 지식도 없는 자신이 있을 곳이 아니라고 판단을 한 것이다.

반면, 차일드는 그 이후에도 나와 계속 합을 이루며 구조 작업을 진행했다.

대략 5일 정도의 기간.

그동안 차일드가 제임스를 어떻게 생각하는지 알 수 있는 계기가 됐다.

제임스가 가족의 곁을 떠난 것에 대한 원망은 있었지만.

그래도 차일드는 누구보다도 아버지를 자랑스럽게 생각하고 있었다.

단지 그 표현이 투박하고 서툴렀을 뿐이었다.

'조만간 미국으로 가서 제임스의 묘지에 가보자.'

그와의 대화를 통해 제임스가 버지니아의 알링턴 국립묘지에 안치됐다는 사실을 알 수 있었다.

한국을 찾은 테스크포스는 정확히 구조 작업을 시작하고 일주일 만에 본국으로 돌아갔다.

그 동안 그들은 수많은 사람을 구해 내며, 세계적인 톱클래스의 면모를 보여줬다.

"정말 대단했지. 체력이나 기술이나, 그때보다 훨씬 더 대단해졌어."

조금 과장을 하자면, 15년 전과는 차원이 다른 수준이었다.

'911테러가 그들에게 있어 어떤 변화를 준 것인지도 모르지.'

물론 그렇다고 해서 우리나라의 소방관들이 그들에 뒤떨어진 활약을 보인 것은 아니었다.

다만 테스크포스에 대한 언론의 관심이 워낙 많았기 때문에 그들의 활약상이 두드러진 것이다.

그러나 이런 활약에도 불구하고 이번 사고로 인해 목숨을 잃은 사람의 숫자는 수백 명이 넘었다.

사망자 502명

부상자 1,167명

실종자만 해도 43명에 이르렀다.

최선을 다해서 구조 작업을 진행했지만, 결국 인간의 몸으로 할 수 있는 일에는 한계가 있기 마련이었다.

"애초에 그들이 그런 짓만 저지르지 않았어도……."

까득!

이번 붕괴 사고의 원인을 떠올리자 절로 이가 갈렸다.

지금까지 밝혀진 사실에 의하면, 사고의 원인은 KV 그룹의 비자금 조성 때문일 확률이 높았다.

애초에 450억인 건물을 900억에 사들였다는 것 자체가 말이 되지 않는 얘기였다.

이에 대해서 KV 그룹은 당시 건물을 매입하는 과정에서 경쟁이 붙어 그렇게 됐다고 설명했지만.

전문가들은 당시 시장 상황을 설명하며, 건물을 매입하려는 의사를 보인 곳은 KV 그룹이 유일했다고 반박했다.

"그래도 이번 일은 대통령이 직접 사고의 원인을 규명하겠다고 밝혔으니까. 아무리 재벌이라도 쉽게는 못 빠져나가겠지."

김주훈 대통령은 이번 구조 작업을 위해 모든 인적 자원을 아끼지 않고 지원했다.

또한, 이번 사고로 사망한 국민들에게 깊은 애도를 표하며 이번 일과 관계가 있는 사람은 그 누구라도 빠짐없이 법의 심판을 받게 될 것이라고 성명을 발표했다.

검찰은 이번 사고 조사를 위해 특검팀을 창설.

곧 KV 그룹을 향한 대대적인 세무조사도 있을 것이라는 소식이었다.

"그러고 보니 오늘 무슨 기자 회견이 있다고 했던 것 같은데."

옆에 놓인 휴대폰을 집어 들고 DMB를 연결했다.

때마침 KV 백화점 붕괴로 특별 뉴스가 방송되고 있었다.

"……어?"

반사적으로 튀어나오는 당혹성.

등줄기가 서늘해지며, 내 시선은 휴대폰의 액정을 뚫을 듯 고정되었다.

"대체 누가……."

뉴스룸에 걸려 있는 한장의 사진.

그 사진에는 도깨비 가면을 착용하고 있는 남자의 모습이 있었다.

아나운서가 미소를 지으며, 말했다.

[여러분 혹시 도깨비 도사라고 들어보셨습니까?]

Chapter 28. 세상을 움직이는 힘

한눈에 알아볼 수 있었다.

뉴스룸에 걸린 사진.

도깨비 가면을 착용하고 있는 사내는 바로 나였다.

"대체 언제 찍힌 거지?"

사진이 찍혔다는 것에 대해서 의문이 드는 것은 아니었다.

붕괴 현장에서 활동했던 시간은 짧지 않았다.

그동안 누군가가 내 사진을 찍었을 수도 있었다.

"일반적인 복장은 아니었으니까."

다만 문제는 사진이 너무 적나라하게 찍혔다는 것이다.

다시 말해서 어쩌다가 그냥 찍힌 사진이 아니었다.

[익명의 제보자가 보내준 사진에 의하면, 이 도깨비 가면의 사내는 KV 백화점 붕괴 현장에서 다른 소방관들과 함께 구조 작업을 벌였다고 합니다. 하지만 이상하죠? 저 가면의 사내가 정말 소방관이라면 왜 저런 이상한 복장을 했을까요?]

아나운서의 말과 함께 여러 장의 사진이 슬라이드 형식으로 화면에 잡혔다.

구조 장비의 착용.

생존자의 부축.

손가락으로 어딘가를 가리키는 모습.

하나같이 내가 현장에서 보였던 행동들이었다.

그리고 그 사진들을 통해 추측은 확신이 되었다.

"우연히 찍힌 게 아니야."

머릿속에 연이어 물음표가 떠올랐다.

"단지 관심을 받고 싶어서 찍었다고 볼 수도 없어. 그렇다면, 익명으로 제보했을 리가 없으니까."

반대로 호기심에 찍은 것이라면, 그것을 굳이 세상에 공개하지도 않았을 것이다.

"후우."

당혹스러운 것은 내가 촬영되고 있음에도 전혀 그 사실을 몰랐다는 것이다.

적어도 어떤 낌새라도 느꼈다면, 이렇게 황당하지도 않았을 것이다.

[이와 관련해서 저희는 도깨비 가면에 대해서 알고 있는 시민분을 어렵게 수소문해서 만날 수 있습니다. 인터뷰 영상 보시죠.]

아나운서의 말과 함께 뉴스룸에서 인터뷰 영상이 흘러나왔다.

[아…… 저기 이렇게 하면 되는 거 맞나요? 아! 네, 그 저는 그때 현장에 있던 사람인데요. 그러니까 그 사람 정말 대단했어요. 어떻게 알았는지 모르겠지만, 지목한 곳에는 반드시 생존자가 있었거든요. 처음에는 그냥 단순한 사이비인 줄 알았는데, 진짜 엄청 용한 도사님이었다니까요. 네? 구조요? 그건 저도 잘 모르겠는데요. 저는 그냥 그분이 생존자가 있는 곳을 알려주는 것만 봐서요. 그런데 제가 이런 인터뷰 했다고 혹시 도사님한테 해가 되거나 그런 거 아니죠? 혹시 도사님이 노해서 저주라도 내리면 어떡해요.]

'임시 지휘소에 있던 사람이구나.'

모자이크가 되어 있지 않기 때문에 인터뷰를 하는 여성이 누구인지 아는 것은 어렵지 않았다.

그녀는 분명히 제일 처음 방문했던 Z 구역 임시 지휘소에 있던 여성이었다.

인터뷰가 종료되고 다시 아나운서의 모습이 나타났다.

[인터뷰 영상을 확인했듯 도깨비 가면의 사내는 생존자를 찾기 위해 붕괴 현장을 방문한 도사라고 합니다. 그리고 굉장히 놀라운 능력으로 생존자를 찾아냈다고 하는데요. 그런데 여러분 뭔가 이상하지 않으신가요?]

다시 도깨비 가면을 착용하고 있는 내 사진이 뉴스룸에 나왔다.

[저희가 입수한 사진을 보면, 저 도사는 단순히 생존자를 찾아내는 것이 아니라 소방관들과 같이 구조 작업을 하고 있습니다. 과연 아무런 교육도 받지 않은 일반인이 저런 모습을 보일 수 있는 게 가능한 것일까요? 설령 가능하다고 해도 정식 소방관이 아닌 사람이 무슨 사고가 일어날지 모르는 현장에서 아무렇지도 않게 돌아다니는 모습은 문제가 있다고 보이는데요. 여러분께서는 어떻게 생각하십니까?]

"……."
입안이 텁텁하고 목에 갈증이 생겼다.

[저희 HNH 뉴스에서는 이와 관련해서 여러분의 제보를 기다리고 있습니다. 사소한 것이라도 제보를 해주시면, 감사하겠습니다. 그럼, 다음 뉴스입니다.]

이어서 KV 그룹의 비자금에 관한 소식이 방영되었다.

하지만 이미 내 귀에는 이미 그에 관한 소리는 돌리지 않았다.

타닥!

DMB를 종료하고 인터넷을 켰다.

검색어는 이미 도깨비 관련으로 도배가 되어 있었다.

1위 도깨비 도사

2위 KV 백화점 도사

3위 도깨비

4위 도깨비 소방관

     .

     .

     .

인터넷의 유명 커뮤니티 사이트들도 마찬가지였다.

상단의 베스트 글을 차지하고 있는 것은 모두 도깨비 도사에 관한 내용이었다.

[도깨비 도사, 법적으로 처벌할 수 있냐?]

이번 백화점 붕괴 현장에서 활약했던 도사 있잖아. 그 도사가 신통력으로 생존자들 찾아내고 막 소방관들이랑 구조 작업도 같이했다고 하는데. 원래 자격증 없으면 저런 행동도 불법 아니냐? 아, 물론 내가 말하는 건 저 도사라는 사람이 잘못 했다는 게 아니다. 불법이라고 해도 저 사람이 붕괴 현장에서 찾아낸 사람이 한두 명이 아니라고 하니까. 다만, 저런 행동이 법적으로 문제가 되서 처벌받으면 너무 안타까울 것 같아서 물어본다.

　-응. 불법이야 처벌받아.

　-ㄴ 말하는 싸가지 하고는.

　-밝혀진 게 사실이라면, 분명 대단한 일을 한 건 맞는데. 그래도 불법은 불법이지.

　-야, 자기도 불법인 거 아니까 가면 쓴 거지. 당연한 거 아니냐?

　-ㄴ 위에 새끼들 반응이 왜 저따위냐. 시발, 막말로 좆 되는 거 각오하고 사람들을 구했는데. 상은 주지 못할망정 불법이라니.

　-ㄴ 응. 그래도 불법은 불법.

　- 김구 선생님 암살한 새끼 죽인 사람도 살인죄 적용되어서 감방 가셨다. 그 뒤에 특사로 사면되기는 했는데, 거지같은 대한민국에서는 아무리 올바른 일을 해도 그게 불법이고 법에 위배되면 무조건 처벌받는다.

　-ㄴ 내가 그래서 이불 밖을 안 나감.

　-나도 안타깝기는 한데. 우리나라가 여태까지 판결 내린 꼬라지 보면, 100% 불법으로 처벌받는다고 본다.

　-ㄴ 나도 여기에 부랄 두 쪽 건다.

– 미국이었으면 훈장인데. 쯧쯧.

대체로 분위기는 기사의 내용이 사실이라면, 대단한 일을 한 것은 맞으나.

그래도 불법은 불법이라는 반응이었다.

특히 대한민국이라면 관련 법규에 따라 처벌을 받을 것이라는 의견이 팽배했다.

"……답답하네."

누가 사람을 구했는지가 그렇게 중요할까?

자격이 있고 없고의 차이가 그렇게 문제가 되는가?

그런 것이 사람의 생명을 구함에서 우선 되어야 하는지.

여기에 옳다, 혹은 아니다의 답은 없다고 생각한다.

그 사람의 사상과 신념에 따라 달라질 수 있는 대답이기 때문이다.

정작 내가 답답한 이유는 다른 곳에 있었다.

"죽도록 고생해서 사람을 구한 사람들의 이야기는 아무도 안 하네."

밥조차 먹을 시간을 아껴 빵 쪼가리로 배를 채웠다.

그렇게 생존자들을 찾고, 일어서고 탈진하기를 반복하며 또 생존자들을 찾았다.

그러다 이미 숨이 끊어진 사망자를 발견하면, 자신의 잘못처럼 폭풍 눈물을 흘리던 그들.

그 사람들.

소방관을 비롯한 구조 작업에 참여한 사람들에 대해서 언론은 침묵했다.

그저 도깨비 도사 같은 기사로 언론의 눈과 귀를 사로잡을 뿐이었다.

그런 사실이 누군가 내 모습을 몰래 촬영했다는 것보다 나를 더욱 화나게 했다.

하지만 그렇다고 한들 지금의 내가 할 수 있는 것은 없었다.

뭔가를 바꾸고 개혁하기 위해서는 필요한 것은 절대적인 힘이고.

지금의 내게는 그런 힘이 없었다.

힘없는 자의 외침은 그저 몽상가의 망상과 다를 것이 없었다.

"하지만 언젠가는……."

시선이 자연스레 책상에 놓인 룰렛으로 향했다.

불과 몇 달 전만 해도 나는 대학교 등록금과 학점을 걱정하던 평범한 학생에 불과했다.

하지만 지금은 사람들의 눈을 속이는 변장술과 화술.

특수 부대원들만 익힐 수 있다는 격투술.

또 세계 최고 수준의 소방관이 지닌 능력을 갖추게 됐다.

여기에 더 다양한 능력이 합쳐진다면, 세상을 바꾸는 힘을 가지는 것도 불가능은 아니었다.

"조금씩 나를 바꾸고 나아가 세상도 바꿔간다."

가난이 싫었고 재능이 없었기 때문에 공부에만 모든 것을 걸었다.

그래서 좋은 대학교에 가고 사법 시험에 합격해서 인생을 바꾸고 싶었다.

판검사, 변호사가 되면 성공한 인생이라고 당당히 말할 수 있을 것 같았기 때문이었다.

하지만 이제는 아니다.

좋은 직업을 가진다고 해서 그것이 반드시 성공한 인생이라 할 수는 없었다.

"좀 더 넓고 큰 세계……."

어느 순간부터 내 마음은 더 큰 세계를 갈망하고 있었다.

타인의 시선과 몸으로 평생 경험할 수 없는 넓은 세상을 봤기 때문인지 모른다.

아니면, 지금까지와는 다른 욕심이 생겼기 때문인지도 모른다.

나만을 위한 삶이 아닌.

타인 또한 생각할 수 있는 삶.

자신의 인생을 똑바로 살기에도 어려운 세상.

주변 사람들도 생각하면서 살아가자면, 누군가는 비웃을지도 모른다.

또 다른 사람은 불가능하다고 할 수도 있을 것이다.

하지만 절대적인 힘을 가진다면, 애초에 불가능은 있을 수 없다.

"할 수 있다."

그리고 그런 목표가 있어야지만.

앞으로 어떤 일이 생기더라도 주저앉지 않을 것이라는 예감이 들었다.

❊ ❖ ❊

아무리 커다란 사건이 벌어져도 시간은 흐르기 마련이다.

내심 한 편으로 걱정이 되었던 도깨비 가면에 대한 얘기도 시간이 흐르자 차츰 조용해졌다.

인터넷을 뜨겁게 달구는 사건들이 연이어 터졌기 때문이었다.

마치 누군가 뭔가를 덮으려고 일부러 사건을 터트린 것처럼 하나같이 대규모의 사건이었다.

인기 절정의 아이돌 그룹 '해피로스'의 보컬 제다의 섹스 스캔들.

국내 재벌 순위 9위.

청해 그룹 회장 구만태의 삼남, 구영천의 마약 파티.

더불어 2012년 런던 올림픽 사격 금메달리스트인 정민충의 도박 파문까지.

굵직한 사건들이 계속해서 터지자 도깨비 가면에 대한 얘기는 쏙 들어갔다.

시국이 시국인지라 사람들은 크게 분노하며, 엄중한 처벌을 요구하고 나섰다.

이렇듯 대한민국이 크게 출렁이는 사이.

유난히 길었던 방학이 끝나고 2학기가 시작되었다.

수업이 있는 강의실로 가는 길.

뒤통수에서 느껴지는 이상한 기운에 고개를 숙이자 손바닥이 머리카락을 스쳐 지나갔다.

휙!

동시에 귓가로 익숙한 목소리가 들렸다.

"뭐야! 어떻게 알았어?"

"……애냐? 그런 장난이나 하고 있게."

숙였던 몸을 일으켜 세우자 강대호의 얼굴이 보였다.

휴가라도 다녀왔는지 피부가 까맣게 그을려 있었다.

"그나저나 너도 최인한 교수님 강의 신청했어?"

"너도?"

"크으. 이것이 바로 운명이구나."

탄성을 토해내는 강대호를 보며 피식 웃음을 흘렸다.

애초에 1교시부터 시작하는 수업은 그리 많지 않다.

또한, 지금 시간대에 우리 같은 법대 1학년이 신청 가능한 수업은 교양필수뿐이었다.

당연히 선택의 폭이 좁아질 수밖에 없으니, 운명이라는 말은 어울리지 않았다.

터벅터벅!

강의실을 향해 나란히 걷고 있자니, 강대호 힐끗거리며 나를 살폈다.

"얼굴에 뭐라도 묻었냐? 뭘 그렇게 힐끗 쳐다봐?"

"아니. 너 방학 동안에 운동이라도 했냐? 꽤 몸이 좋아진 것 같다. 오…… 가슴도 나왔는데."

말을 함과 동시에 강대호가 가슴을 향해 슬쩍 손가락을 내밀었다.

탓!

"너 미쳤냐?"

"후후. 우리 사이에 부끄러워하기는. 그보다 너 소연이 한테 연락 안 했지? 걔 너한테 완전히 삐진 거 아냐? 그러 니까 일이 바빠도 봉사활동 하러 오지 그랬냐."

"……많이 화났냐?"

신소연을 생각하자 씁쓸함이 몰려 들어왔다.

본래 예정대로라면, 붕괴 현장에서 구조 작업을 하는 동 안 그녀에게 연락을 취했어야 했다.

하지만 문제는 현장의 상황이 너무 급하게 돌아가다 보 니, 시간이 나지 않았다는 것이다.

결국, 돌아갈 때까지 그녀에게 연락을 할 수가 없었 다.

"소연이가 그래도 우리 얼마나 많이 챙겨줬었냐? 배고프 다고 칭얼거리면 밥 사줘. 과제 보여달라고 하면 보여줘.

동기 중에서 개만큼 우리 챙겨준 여자애가 없다.”

“……”

“상황 봐서 미안하다고 사과해.”

“……그런다고 풀릴까?”

“안 하는 것보다야 낫지 않겠냐?”

강대호와 얘기를 하며 강의실에 도착하니, 대략 수업 시작까지 10분 정도 남은 시간이었다.

대충 중간 자리에 가방을 놓고 앉으려고 하자 강대호가 내 어깨를 잡아당겼다.

“야, 소연이도 이거 듣나 본데.”

“뭐?”

과연 그의 말대로 맨 앞자리에는 신소연이 앉아 있었다.

“어이, 소연!”

강대호가 이름을 부르자 신소연이 고개를 돌렸다.

그리고는 강대호를 향해 손을 흔들다가 나를 발견하고는 고개를 홱 돌렸다.

“……야, 정훈아. 쟤 진짜 많이 화난 것 같은데?”

“그런 건 말하지 않아도 보면 안다.”

시력은 강대호보다 내가 월등하다.

그녀의 표정을 보지 못했을 리 없다.

녀석이 멋쩍은 표정을 지으며, 말했다.

“내가 밥이라도 먹자고 해서 분위기 좀 만들어볼까?”

“일단은 생각 좀 해보자.”

"쩝. 그래. 그래도 너무 오래 끌지는 마라. 이러다 진짜 사이 멀어진다."

강대호가 무엇을 걱정하는지 잘 알고 있었다.

그리고 그건 나 역시 바라는 바가 아니었다.

하지만 지금 그녀와 부딪혀봤자 거짓말 잔뜩 섞인 변명만 늘어놓는 꼴밖에 되지 않았다.

끼익!

머릿속으로 이런저런 생각을 할 무렵.

강의실의 문이 열리며, 교수님이 들어오셨다.

법과 도덕을 담당하고 있는 최인한 교수였다.

"여러분 방학은 잘 보냈습니까? 이렇게 또 2학기에 만나게 되어서 반갑군요."

최인한 교수가 사람 좋은 미소로 인사를 건넸다.

하지만 수강을 하는 학생들은 섣불리 대답하지 못했다.

그의 별명이 바로 소리장도였기 때문이었다.

소리장도는 웃음 속에 칼을 감추고 있다는 뜻으로, 최인한 교수는 평소에는 사람 좋은 얼굴과 미소로 학생들을 대하지만 정작 성적을 줄 때는 일말의 자비와 인정도 없는 것으로 유명했다.

그의 F 신공에 피눈물을 흘린 학생이 한둘이 아니라는 것은, 이미 법대에서는 유명한 사실이었다.

학생들을 쭉 훑어본 그가 팔짱을 끼며, 말을 이어나갔다.

"대부분의 교수님이 개강 후 첫 수업은 가볍게 하는 거로 알고 있습니다. 그러니 우리도 그렇게 하는 게 좋겠죠?"

그가 거론한 가볍게라는 단어에 일부 학생들의 눈이 초롱초롱하게 빛났다.

"야, 장도가 오늘 일찍 끝내주려고 하는 모양인데?"

강대호 역시 벌써 김칫국을 마시고 있었다.

하지만 내가 볼 때 최인한 교수는 절대 수업을 일찍 끝내줄 마음이 없었다.

'저런 눈을 하고 수업을 일찍 끝낼 리 없지.'

학생들을 바라보는 그의 눈.

신기한 마술을 준비해온 마술사가 관중을 바라보는 것 같은 눈빛이다.

마술사가 자신의 마술을 보여주기 전에 관중을 돌려보낼 리 없다.

"자, 그럼 오늘 이 시간에는 가볍게 토론을 해보도록 하죠. 토론의 주제는 바로 제가 여러분께 앞으로 가르칠 법과 도덕입니다. 그리고 그와 관련해서 논의해볼 내용은 저번 달에 발생한 KV 백화점의 붕괴입니다."

KV 백화점 붕괴에 관한 얘기가 흘러나오자, 학생들 사이에서 웅성거림이 일어났다.

그 모습을 보며 최인한 교수가 학생들을 향해 물었다.

"혹시 여러분 중에 도깨비 도사. 또는, 도깨비 소방관이라 불리는 사람에 대해 아는 사람 있으면, 손들어보세요."

설마라는 생각도 잠시.

학생들 대다수가 머리 위로 손을 올렸다.

숫자를 확인하던 최인한 교수가 고개를 끄덕였다.

"몇몇 빼고는 다 알고 있는 것 같으니, 토론에는 문제가 없겠군요. 여러분도 잘 알겠지만, 그 도깨비 도사라 불리는 사람은 사고 현장에서 신비한 능력으로 생존자들을 찾아냈다고 합니다. 하지만 밝혀진 사실에 의하면, 그가 자격증을 보유한 소방관인지 아니면 평범한 일반이었는지 확인할 수 없었다고 하는군요."

학생들의 시선이 최인한 교수에게로 모여들었다.

그가 미소를 지었다.

"그런데 만약에 말입니다. 그가 아무런 자격이 없으며, 누군가 그 도깨비 도사가 한 일을 법에 위배되는 행동이라고 생각해서 법정에 세운다면. 미래에 검사 혹은 변호사가 될 여러분께서는 어떤 변론을 펼치시겠습니까? 위법의 죄를 물어 그를 처벌해야 할까요? 아니면, 그의 도덕적이고 숭고한 정신을 참작해서 무죄를 인정해야 할까요?"

최인한 교수의 말이 끝났지만, 학생들은 섣불리 입을 열지 못했다.

고요한 침묵.

그 속에서 나는 갑자기 이런 주제를 꺼낸 교수가 원망스럽기도 했지만.

한편으로는 궁금하기도 했다.

과연 미래의 법조인을 꿈꾸는 이들은 도깨비 도사를 어떻게 평가할지 말이다.

"이런, 이거 다들 너무 긴장을 하는 것 같은데. 좋아요. 그럼, 이렇게 하죠. 이번 토론에서 가장 논리적인 학생에게는 A 학점을 보장해주겠습니다. 이 정도면, 조금 의욕이 생기나요?"

A 학점이라는 소리에 주변의 눈치를 보던 학생들의 눈에 다시금 생기가 피어났다.

그만큼 최인한 교수의 수업은 성적이 짜기로 유명했기 때문이었다.

드륵!

제일 먼저 자리에서 일어선 사람은 앞줄에 앉아 있던 남학생이었다.

"16학번 김희철입니다. 저는 당연히 처벌받아야 한다고 생각합니다. 소방 공무원인 소방관의 자격을 사칭해서 직권을 행사했기 때문에 이는 형법 제118조인 공무원자격사칭죄에 해당합니다."

"음, 공무원자격 사칭이라."

최인한이 턱을 쓰다듬자 또 한 명의 학생이 자리에서 일어났다.

이번에는 여성이었다.

"16학번 소유슬입니다. 공무원 사칭은 자격을 사칭하고 직권을 행사함으로써 성립하는 범죄입니다. 하지만 도깨비 도사는 그 스스로 소방관임을 내세웠던 적이 없습니다."

"억지입니다. 언론에 떠도는 사진을 보면 도깨비 도사는 소방관들이 사용하는 구조 장비를 착용하고 있었습니다. 이는 누가 봐도 그가 소방관으로서 행세를 했음을 알 수 있습니다."

김희철이 반박하자 소유슬이 웃으며, 그 말을 받았다.

"그 뒤에 나온 인터뷰 영상은 보지 않았나요? 같이 구조 작업을 했던 소방관의 증언에 따르면, 현장에서 함께 했던 것은 좀 더 정확하게 생존자의 위치를 확인하기 위해서였다고 밝혔습니다. 또한, 구조 장비는 만약의 사태를 대비한 것이라고 말했습니다. 따라서, 도깨비 도사 본인이 소방 공무원의 자격을 사칭하고 그 직권을 행사했다고 볼 수는 없습니다."

"그, 그게……."

입맛을 다시던 김희철이 이내 머리를 긁적거리며 자리에 앉았다.

애초에 이런 싸움은 누가 더 많은 증거와 증인, 지식을 확보했는지가 승패의 행방을 갈랐다.

상대는 아는 정보가 있는데, 나는 모르고 있다?

그 정보를 뒤엎을 뭔가가 있지 않은 이상 그 싸움은 이미 패배한 싸움과 마찬가지였다.

"자, 다른 학생은 의견 없습니까?"

최인호 교수가 학생들을 훑으며 물었다.

눈치를 보던 여학생 하나가 슬그머니 자리에서 일어서며 말했다.

"16학번 강다솔입니다. 저는 사기죄가 성립한다고 생각합니다."

사기죄라는 소리가 나오자, 주변의 학생들이 수군거리기 시작했다.

"사기라고 하기에는 너무 많이 맞추지 않았나?"

"그렇긴 하지. 증언에 따르면, 거의 100%였다고 하던데?"

"맞아. 그리고 사기죄가 성립 하려면, 뭔가 이득을 취한게 있어야 성립이 되는데 그런 부분이 없잖아?"

최인한 교수가 강다솔을 보며 그저 웃자, 그녀가 이내 머리를 긁적거리며 자리에 앉았다.

"자, 또 다른 사람은 의견 없나?"

처음 몇 번이 신통치 않았기 때문인지 학생들은 서로의 눈치만 보기 바빴다.

그렇게 얼마의 시간이 흘렀을까.

스윽!

손을 들어 올린 학생을 확인한 최인호 교수의 눈이 반짝였다.

다른 학생들의 반응도 그와 크게 다르지 않았다.

'최태일?'

손을 들어 올린 사람은 최태일.

겉모습만 보면 그리 특이할 점은 없는 학생이었다.

키는 대략 175cm.

청바지에 핑크 난방은 대학생들이 즐겨 입는 스타일의 옷이었다.

다만, 초췌한 얼굴에 쓰고 있는 은빛 뿔테 안경이 공부 잘할 것 같은 모범생 이미지를 풍겼다.

'뭐, 실제로도 공부 잘하는 모범생이긴 하지만 말이야.'

2015년도 수능 만점.

2016년도 한국대학교 입학 수석과 전액 장학금.

여기에 1학기 성적 4.5의 도장을 찍으며, 1학년 사이에서는 괴물로 통하는 녀석이었다.

그 때문인지 교수들과 선배들은 그가 오철중의 뒤를 이어 최연소 사시 합격의 타이틀을 가져가지 않을까 점치고 있었다.

"그래, 최태일 학생. 자네는 어떻게 생각하지?"

스윽!

자리에서 일어난 최태일이 뿔테 안경을 추어올리며 말했다.

"교수님께서 말씀하신 도깨비 도사. 그가 보인 활약은 분명 가치 있는 일이라고 생각합니다. 그러나 그것은 어디까지 개인으로 바라보는 시선일 뿐. 한 명의 법조인이라면, 그가 벌인 무모한 행동은 인정할 수도 인정해서도 안 됩니다."

"호오. 어째서?"

몸을 돌린 최태일이 학생들을 쳐다봤다.

"지나가던 할머니가 배가 너무 고파 가게에 들어가 **빵**을 훔쳐 먹었습니다. 주인은 경찰에 그 할머니를 신고했고 그 할머니는 절도죄에 의해 처벌받게 됐습니다. 그럼, 여기서 그 할머니를 경찰에 신고한 주인은 불쌍한 노인에게 **빵** 하나 나눠주지 못한 파렴치한으로 봐야 합니까? 아니면, 성실히 법을 수행한 시민으로 봐야 합니까?"

"그건 비약이 너무 심한 것 아닌가요? 방금 예시를 든 부분은 생계에 의한 범죄로 충분히 훈방 처리가 될 수 있는 사항입니다. 실제로 생계를 위해 식료품을 훔쳤다가 훈방 처리된 사례는 많이 있습니다."

최태일의 말에 곧장 반문을 하고 나선 사람은 처음 김희철의 말을 반박했던, 소유슬이었다.

그녀의 지적에 최태일이 무표정한 얼굴로 반문했다.

"훈방은 법이 아닙니까?"

"네?"

"훈방 처리가 됐다는 것은 그 죄의 자질이 가볍다는 것이지 죄가 아니라는 것은 아닙니다. 당신이 죄를 지었지만, 그 정도가 크지 않으니 이번만은 봐주겠다는 경고죠. 또, 훈방을 받았음에도 같은 범죄를 저지를 경우 가중 처벌받을 수 있습니다. 도덕이 아닌 법을 어겼기 때문입니다. 제 말이 틀렸습니까?"

"······."

반박하던 소유슬이 입술을 깨물며 자리에 앉았다.

그 모습에 최태일이 다시 최인한 교수를 향해 몸을 돌렸다.

"법 아래에서 지켜지는 도덕은 칭송받아 마땅하지만, 법의 테두리를 벗어난 도덕은 그저 질서를 흔드는 헛된 감정의 부산물일 뿐입니다. 이 사회의 균형과 질서가 유지되기 위해서는 도덕이 아닌 법이 엄격히 지켜져야 합니다. 도깨비 도사가 자격이 없다면, 그는 당연히 법을 어긴 것이니 그에 따른 합당한 처벌을 받아야 합니다."

"······그래서 법이 허락하지 않으면 생명도 구하지 말아야 한다는 말입니까?"

처음에는 그저 듣고만 있으려고 했다.

하지만 최태일의 말을 계속 듣고 있자니 마음속에서 뭔가 뜨거운 것이 솟구쳐 올랐다.

아니, 이대로 가만히 있으면 내가 했던 일들이 죄가 된다는 생각이 들었기 때문인지 모른다.

"야, 너 왜 그래?"

강대호가 놀란 토끼 눈을 하고서 내 옷자락을 잡아끌었다.

그 손을 뿌리치며, 자리에서 일어서며 말했다.

"법에 위배된다면 죽어가는 생명도 그저 지켜봐야 하는 거냐고 물었습니다."

"그건 그 개인이 결정할 노릇이겠지요. 하지만 죽어가는 사람을 살린 사람이 법에 위배되는 행동을 했고 제가 만약 담당 검사라면, 전 그 사람에게 합당한 죗값을 물게 할 겁니다."

"사람을 살린 사람에게 죄를 묻겠다고요? 당신은 왜 자격도 없이 사람을 살렸냐고 물으면서요?"

최태일의 입꼬리가 올라갔다.

"현재 대한민국은 착한 사마리아 인의 법을 적용하지 않고 있습니다. 제한적으로 형법에서 도움을 필요로 하는 자를 보호할 법률상 혹은 계약상 의무가 있는 자에 대한 책임, 경범죄처벌법에서 자기가 관리하는 곳에서 발생한 문제에 대한 관리상의 책임 등을 규정하고 있어 직접적인 책임이 있는 사람에 대해서만 규정을 두고 있죠. 그런데 굳이 아무런 관련도 없는 사람이 나설 필요가 있을까요?"

개소리였다.

나는 절대 최태일의 말을 인정할 수 없었다.

"……이 사회의 모든 질서가 법으로 규정되지 않은 것은 우리가 바로 이 따뜻한 심장이 뛰고 있는 사람이기 때문입니다. 설령 법이 없더라도 최소한의 도덕을 실천할 수 있는 이성과 생각을 갖추고 있으므로, 규제하지 않는 겁니다. 그런데 법의 테두리에 갇혀 사람이 사람을 살릴 수 있음에도 외면하고, 돌보지 않는다면 그저 입력한 대로 행동하는 기계와 다를 게 뭡니까?"

"법조인은 바로 그런 기계 같은 마음이 필요하다고 봅니다. 법을 심판하는 사람이 감정에 휘둘러서야 제대로 된 법을 집행할 수 있겠습니까? 영악한 범법자들을 상대하려면, 냉철한 이성과 차가운 가슴은 필수라고 생각합니다."

최태일의 말대로 영악한 범법자들도 존재한다.

그들은 스스로 감정을 속이고 타인의 마음을 움직이는 법을 잘 알고 있으니까.

하지만 그렇다고 한들 이건 아니다.

"법전에 적힌 법을 달달 외워서 법을 집행하는 거면 기계가 하지 왜 사람이 하겠습니까?"

"감정에 휘둘릴 사람이라면, 법조인보다는 사회봉사자가 어울린다고 봅니다만."

탁!

책상을 치는 소리에 시선을 돌리니, 팔짱을 끼고 있는 최인한의 모습이 보였다.

"아무래도 두 사람이 토론 주제를 잘못 받아들였나 보군요. 이번 주제는 법조인이 갖춰야 할 마음이 아니었는데 말입니다. 뭐, 그래도 여러분이 법이란 것에 대해 어떤 마음을 가졌는지는 잘 알 수 있었습니다. 두 사람 다 자리에 앉도록 하세요."

자리에 앉으라는 소리에 최태일을 쳐다봤다.

최태일 역시 나를 바라보고 있었다.

"두 사람 자리에 앉으라는 소리 못 들었습니까?"

높아진 목소리에 나와 최태일 모두 마지못해 자리에 앉았다.

자리에 앉자 강대호가 걱정 어린 표정으로 물었다.

"정훈아, 너 왜 그랬어?"

"뭐가?"

"최태일 저 녀석…… 직속이잖아. 몰랐냐?"

직속이라는 말은 흔히 대학교에서 일컫는 라인을 뜻했다.

사법 고시에 1차 혹은 2차 합격.

또는, 그럴 가능성 있는 학생을 중심으로 만들어진 집단.

당연히 그 꼭대기에는 이미 현업에서 법조인으로 활동하고 있는 사람들이 있었다.

업계에 미리 발을 담그기 전에 자신의 사람.

세력을 만들어 두는 것이다.

"그런 거 알게 뭐냐."

"어?"

"직속이니 라인이니 그런 거 관심 없다."

"……너 내가 아는 그 한정훈 맞냐? 갑자기 애가 왜 이렇게 쎄졌어?"

강대호가 놀라 묻는 사이, 최인한 교수의 말이 이어졌다.

"아무래도 제가 이번 토론에서 여러분께 너무 많은 기대를 한 것 같군요. 법대생이라고 해도 1학년, 아직 지식이 부족한 여러분들이 실제 사례와 법을 가지고 토론을 펼치기에는 무리가 있었던 것 같습니다."

돌려서 말하기는 했지만, 결국 자신의 마음에 드는 사람이 없었으니 A 학점은 줄 수 없다는 소리였다.

"그래도 여러분 모두가 생각해볼 만한 얘기는 있었죠? 기계처럼 차가운 마음을 가지고 죄에 대한 심판을 내리는 법조인이 되어야 하는지."

최태일을 바라보던 최인한 교수가 이번에는 나를 쳐다봤다.

"도덕적인 신념 아래서 법이라는 사회적 질서를 지켜나가야 하는지. 이 대한민국에서 법조인을 꿈꾼다면, 한 번쯤 여러분이 진지하게 고민해볼 문제라고 생각이 드는군요. 자, 첫 수업이니 오늘은 이만 마치도록 하죠."

시계를 보고 시각을 확인한 최인한 교수가 강의실 빠져나갔다.

그러자 고요하던 분위기가 단숨에 깨져 나갔다.

웅성웅성!

"후아. 그래도 생각보다 일찍 끝내주셨네. 정훈아, 소윤이 불러서 커피라도 한……."

말을 잇던 강대호가 갑자기 드리워지는 그림자에 시선을 돌렸다.

그 앞에는 최태일이 서 있었다.

"너 한정훈이라고 했었나?"

"……."

드륵!

자리에 앉아 있자니 최태일이 나를 내려다보는 시선이었기에 몸을 일으켜 세웠다.

"아니, 뭐 그냥. 앞으로도 종종 볼 텐데. 얼굴이나 한 번 더 제대로 봐두려고. 그런데, 너 도덕이 법보다 위에 있어야 한다고 했던 말. 진짜 그렇게 생각하는 건 아니지? 나랑 반대되는 의견을 내야 분위기가 사니까 그렇게 한 거라면 판단 잘했어. 덕분에 나도 꽤……."

"최태일."

"어?"

"우리가 언제부터 이런 얘기 하는 사이였냐? 그만 가라."

"……."

멍한 표정을 짓던 최태일의 얼굴이 순식간에 붉게 달아올랐다.

그리고는 분노 어린 눈빛으로 나를 쳐다봤지만, 애초에 그런 눈빛은 가소로울 뿐이다.

삶과 죽음의 경계를 넘나들며, 목불인견의 참상을 봐왔다.

눈빛 하나로 겁먹게 하려면, 녀석의 태도는 백 년은 일렀다.

"……재미있네. 좋아, 앞으로 한번 두고 보자고."

결국, 제풀에 지친 최태일이 먼저 물러서고는 강의실을 떠났다.

"대호야, 가자."

"어? 그래. 야, 근데 방금 소윤이한테 연락 왔는데. 회관에서 커피 한 잔 하자고 하는데?"

"나도 같이?"

"그래. 어쩔 거야?"

"어쩌긴. 가야지."

질질 끌어봐야 좋을 것도 없었다.

대충 가방을 챙겨 강의실을 막 벗어날 때였다.

멋들어진 정장을 입고 있는 사내의 모습이 시선에 들어왔다.

얼굴이 잘생겼다는 생각도 잠시.

사내의 얼굴을 제대로 확인한 순간.

온몸이 찌릿하며, 털이 삐죽하고 솟구쳐 올랐다.

싸아아!

'소, 손태진?'

강의실 문 앞에 서 있는 정장 차림의 사내.

그 사내는 다름 아닌 손진석 의원의 아들 손태진이었다.

직접 구조를 했기 때문에 그의 얼굴은 똑똑히 기억하고 있었다.

'저 사람 왜 학교에 있는 거야?'

등줄기를 타고 땀방울이 흘러내렸다.

"너 왜 그래? 갑자기 배라도 아프냐?"

"아, 아니. 소연이 기다리겠다. 빨리 가자."

의아해하는 강대호의 모습에 고개를 저었다.

'그냥 우연이겠지. 그래, 우연일 거야.'

내 진짜 얼굴을 본 사람은 한지혜와 차일드가 유일했다.

그가 내 얼굴을 알고 그 때문에 이곳을 찾아왔을 리 없었다.

강대호를 데리고 막 손태진의 앞을 지나치려는 순간.

돌연 손태진이 오른손을 앞으로 내밀며 미소를 지었다.

"거기 학생 잠시만요. 시간 괜찮으면, 우리 얘기 좀 잠깐 할까요?"

한국대학교 인근의 카페.

쭈우웁.

"오우. 여기 초크 파르페 맛이 좋은데요? 하나 더 먹을까나."

싱글벙글한 표정의 손태진의 모습에도 나는 마음 편히 웃을 수가 없었다.

'대체 어떻게 알았지?'

아무리 머리를 굴려봐도 지금 상황에 대해서 이해를 할 수가 없었다.

내 얼굴을 아는 사람은 한지혜와 차일드가 유일했다.

그 두 사람이 진실을 발설하지 않았다면, 내가 도깨비 도사였다는 사실을 아는 사람은 없다.

'만약 두 사람 중에 누군가가 말했다면…….'

미안한 생각이기는 하지만.

내가 의심할 수 있는 사람은 차일드보다는 한지혜였다.

오물오물!

손태진이 파르페에 꽂혀 있는 과자를 집어 입안으로 넣으며, 말했다.

"그렇게 인상 쓰고 있어도 답 안 나옵니다. 궁금한 게 있으면, 그냥 솔직하게 물어봐요."

"……대체 어떻게 알았습니까?"

"그 말은 본인이 그 사람이었음을 인정한다는 거네요. 그렇죠?"

"얼굴까지 알고 찾아 왔는데, 부정을 한다고 해서 의미는 없을 테니까요."

파르페에서 손을 뗀 최태일이 휴지를 뽑아 입술을 닦았다.

"똑똑해서 마음에 듭니다. 사실 이렇게 찾아왔는데 아니라고 잡아떼면 서로 피곤해지니까요. 음, 제가 나이가 35살인데 말 편하게 해도 될까요? 아니, 그래도 생명의 은인한테 그건 아닌가?"

고개를 저으며 말했다.

"편하게 하셔도 됩니다."

"에이, 그래도 그건 아닌 것 같네요. 민얼굴로 이렇게 보는 것도 처음이고 우리 사이에 어느 정도 경계는 필요한 법이니까."

스윽!

말을 잇던 최태일이 품속으로 손을 집어넣어 사진 한 장을 꺼내 테이블에 올렸다.

"확인해 봐요."

의아한 마음과 함께 사진을 확인한 순간.

절로 이마가 찌푸려졌다.

"이건……."

사진 속에는 바닥에 떨어진 도깨비 가면을 건네는 차일드와 내 모습이 찍혀 있었다.

가면을 착용하지 않은 상태였기 때문에 내 민얼굴은 그대로 드러나 있었다.

손태진이 다시 파르페를 한 모금 마시며 말을 이었다.

"정훈 씨가 나보다 더 젊으니까 이해하기에는 어렵지 않을 겁니다. 드론이 뭔지는 알고 있죠?"

"무인 항공기를 말하는 겁니까?"

"맞아요. 군사용으로 개발되기는 했지만, 요새는 일반인도 돈만 있으면 손쉽게 구할 수 있는 물건이죠. 그리고 그용도에 따라서는 이 손바닥보다 작게 만드는 것도 가능해요. 물론, 거기에는 고성능의 카메라 기능까지 탑재할 수 있죠."

손태진이 무엇을 말하는지 알아차리는 것은 어렵지 않았다.

이제야 어떻게 내 사진이 촬영됐는지 이해할 수 있었다.

또, 어째서 사진이 촬영되면서 아무런 낌새도 느낄 수 없었는지도 말이다.

"이 사진은 드론으로 촬영된 사진이군요."

하지만 그렇다고 해도 의문은 여전히 남아 있었다.

손태진이 어떻게 사진을 입수했는지에 대해서다.

적어도 내가 가면을 떨어트렸던 시점에 그는 지하에 갇혀 있었던 게 확실했기 때문이다.

"……이 사진을 어떻게 입수하게 됐는지 물어봐도 됩니까?"

"조중일보라고 알아요?"

손태진의 물음에 고개를 끄덕였다.

조중일보.

주로 재벌 옹호와 정치적인 색이 짙은 기사를 많이 쓰는 곳이다.

젊은 층에게는 욕을 많이 먹지만, 40대 이상에게는 상당히 인지도가 높은 신문사였다.

쭈우웁.

"거기 국장의 아들이 저랑 대학 동기인데. 이번에 인터뷰 기사 하나 쓰자고 찾아 왔어요. 아, 그 전에 혹시 KV 백화점 붕괴 이후 사람들이 절 보고 뭐라고 하는지 들어보셨나요?"

"재난 현장에서 탄생한 이 시대의 젊은 영웅."

인터넷 기사를 통해 알고 있었다.

[6선 국회의원인 손진석의 아들 손태진! 위기의 순간 자신의 몸을 희생해서 생존자를 돌보다.]

[노블레스 오블리주를 실천한 그의 행동에 박수를 보낸다.]

[이 시대의 진정한 젊은 영웅. 절망 속에서도 희망을 잡다.]

각종 기사가 마치 약속이라도 한 듯 손태진을 조명하며, 일제히 찬사를 쏟아냈다.

심지어 팬클럽까지 만들어졌다는 소리도 들었다.

'덕분에 손진석 의원이 사사로이 소방관을 움직였다는 얘기는 쏙 들어갔지.'

아예 기사가 없지는 않았다.

그러나 누군가가 굳이 관심을 가지고 찾지 않으면 찾아볼 수 없을 정도의 기사.

그마저도 다음 날 검색을 하니, 사라져 있었다.

손진석과 손태진.

이 두 사람에 대한 나의 관심은 딱 여기까지였다.

"하하, 이거 진짜 영웅한테 그런 소릴 들으니 쑥스럽네요. 아무튼 본론으로 돌아오면, 그 친구가 인터뷰를 하면서 재미난 소리를 하더라고요. 도깨비 도사로 활동하던 사람의 얼굴이 찍힌 사진을 입수했다고."

"조중일보에서요?"

"네, 당연히 호기심이 생겼죠. 나를 구해준 사람이 어떤 얼굴을 하고 있을까? 사실, 저를 구조해주실 때도 엄청 묻고 싶었습니다만. 당시에는 상황이 여의치 않았죠. 자중을 해야 할 필요가 있던 시점이니까."

쭈우웁.

"후아. 그래서 인터뷰를 하는 조건으로 그 사진을 보여달라고 했습니다. 아, 정말 놀랐어요. 이렇게 젊은 사람인 줄은 상상도 못 했거든요."

난 그저 묵묵히 손태진의 말을 들었다.

지금으로써는 그 이외에 할 수 있는 것이 없었다.

"그래서 그 친구한테 그 사진을 어떡할 것이냐고 물었습니다. 기회를 보다가 적절한 시점이 되면 언론에 뿌릴 거라고 하더군요."

전신이 오싹거리며, 털이 곤두섰다.

대놓고 얼굴이 공개되면 어떠한 일이 벌어질까?

적어도 몇 가지는 손쉽게 상상할 수 있었다.

내 얼굴을 알고 있는 사람들한테는 미친 듯이 연락이 올 것이고.

최태일과 같은 생각을 하는 사람들은 날 법정에 세우려고 할 것이다.

또한, 내가 가진 능력을 탐하는 사람들은 앞선 것보다 더

한 짓을 할지 몰랐다.

"……미리 말씀드리지만, 제가 가진 그 능력은 사람을 구하는 것 이외에는 통하지 않습니다."

"압니다."

"예?"

"얘기를 나누면서 알았어요. 신통력이라고 해야 하나? 사람의 마음도 꿰뚫어 보고 그럴 수 있으면, 제가 이런 말을 꺼내기도 전에 다 알고 있었겠죠. 근데 지금 표정을 보면 전혀 아니니까요. 그래서 알았습니다. 아! 이 사람이 가진 능력은 누군가를 구할 때만 사용할 수 있구나."

꿀꺽!

'이 사람 대체 뭐지?'

나도 모르게 침이 절로 목젖을 타고 넘어갔다.

지금까지 이런 사람은 본적도 만난 적도 없었다.

그는 유들유들하게 행동하고 있으면서도, 모든 것을 꿰뚫어 보듯 파악하고 있었다.

"다시 본론으로 돌아오면. 음, 그 친구가 말을 할 때 생각했죠. 분명 무슨 이유가 있어서 가면을 썼을 텐데. 얼굴이 알려지면, 곤란해지지 않을까? 아무것도 요구하지 않고 나 손태진을 구해준 사람인데 그냥 지켜봐야 하나."

씩!

손태진의 입가의 미소가 진해졌다.

"그건 아니라는 생각이 들더군요. 그래서 그 친구랑 딜을 했어요. 어떤 딜인지 한번 맞춰보시겠어요?"

오래 고민하지 않아도 바로 떠오르는 사건들이 있었다.

처음에는 설마라는 생각을 가졌지만.

지금은 확신이 들었다.

"섹스 스캔들, 마약 파티, 도박 파문. 맞습니까?"

3가지 사건.

모두 도깨비 도사에 대한 관심이 치솟을 때 터진 기사들
이었다.

"정답! 그 친구들한테는 미안하지만. 처신을 잘못한 건
그쪽이니까. 뭐, 처음 사진을 제공한 사람에게는 적당히 돈
을 쥐어 주고 조중일보에 자리 하나 만들어줬습니다."

내가 그저 잠시 쉬는 사이에 그 뒤에서 그런 일이 벌어지
는지 전혀 몰랐다.

정작 주인공은 나였지만.

세상은 주인공을 조연으로 전락시키고, 따로 사건을 진
행하고 있었다.

그리고 그런 일을 벌인 손태진은 정작 태연하기 짝이 없
었다.

"그렇게 신경을 써준 건 제가 단지 생명의 은인이기 때
문입니까? 아니면……."

손태진의 얼굴을 쳐다봤다.

그를 바라보는 내 눈빛을 표현하자면, 아마 이런 말이 될
것이다.

다른 목적이 있어서입니까?

"그냥 궁금했던 겁니다. 이 사람은 왜 그런 신기한 능력을 갖추고도 자신을 숨겼을까? 대체 어떤 일을 하는 사람일까? 어떤 생각을 가지면서 이 대한민국을 살아갈까? 내가 만약 찾아간다면 이 사람은 뭐라고 대답할까? 뭐, 기타등등."

쭈우웁.

빨대를 힘차게 빨았지만, 이미 파르페는 그 바닥이 보였다.

"아, 이런 다 먹었네. 내가 호의를 베푼 이유는 생명의 은인이란 것도 있고…… 괜찮으면, 미리 점 찍어두려고 했죠. 앞으로 내가 하려는 일에는 꽤 많은 인재가 필요하거든요. 저는 정훈 씨가 가진 능력이 그 구조 현장에서 보인 게 전부가 아니라고 생각했습니다. 본인이 부정한다고 해도 말이죠. 그래서 아까 강의 시간에 몰래 뒤에서 지켜보고 한 가지를 깨달았죠."

"……?"

"아! 이 사람은 나랑은 어울리지 않는 사람이구나."

"그게 무슨……."

"오히려 굳이 따지자면, 그 최태일이란 학생의 사고방식이 저와 맞을 것 같더군요. 물론, 그 친구는 겉으로 표현하는 방법이 아주 서툴지만 말이에요."

순간 내 귀를 의심했다.

내가 보기에 손태진과 최태일은 전혀 달랐다.

최태일이 길거리에 돌아다니는 야생 고양이라면, 손태진은 발톱을 숨길 줄 아는 범이었다.

"정훈 씨. 그럼, 이제 진짜 본론을 얘기하죠."

능글맞고 장난기 가득했던 손태진의 얼굴.

그 얼굴에서 미소가 사라졌다.

"전 앞으로 대한민국을 뒤집을만한 아주 큰일을 할 겁니다. 당연히 꼭 올바른 방법만 동원되지는 않겠죠. 그래도, 목표를 위해서 진행할 겁니다. 그런데 만약. 전혀 예상하지 못한 문제 혹은 현대 과학적으로 납득 할 수 없는 상황이 발생하면, 전 당신을 의심할 겁니다. 설령 정훈 씨가 아무런 상관이 없다고 해도 일단 의심하고 또 의심하겠죠. 왜냐면, 정훈 씨는 이미 제 머릿속에 특별한 능력을 지닌 사람으로 기억 되어 있기 때문입니다."

협박인가? 아니면 경고인가?

답은 둘 다 아니었다.

'자신감이다.'

상대보다 자신이 압도적인 위치에 있다고 생각하기 때문에 보일 수 있는 행동이었다.

"……만약 제가 관계되어 있으면, 어떻게 하실 겁니까?"

"생명의 은인에 대한 보답은 충분히 했다고 생각합니다. 그쪽이 절 살려준 것처럼 저도 당신의 삶을 지켜줬으니까."

이제야 알 것 같다.

손태진이란 사람이 어떤 사람인지.

위에 있으면서도 아래를 살피고, 작은 것 하나 자기가 원하는 방향으로 컨트롤되기를 원하는 사람.

그 때문에 과하다 싶을 정도로 완벽을 추구하는 존재.

그래서 날 찾은 것이다.

혹시라도 내가 그를 찌를 수 있는 바늘이 되는 것을 막기 위해서 말이다.

그리고 그런 그의 의도는 적중했다.

내 머릿속에 손태진이란 인물이 철저하게 각인 되었으니까.

'비도크의 기억에 따르면 이런 사람은 위험해.'

가장 무섭고 조심해야 하며, 적으로 돌려야지 말아야 할 1순위였다.

"그렇다고 해도…… 정훈 씨가 평범한 삶을 산다면 우리는 만날 일이 없을 겁니다. 애초에 그런 일이 없었다면, 사는 세상이 다른 우리가 이렇게 만날 일도 없었을 테니까요."

"사는 세상이 다르다라."

"자, 그럼. 전 약속이 있어서 이만 일어나 보도록 하죠. 오늘 만남, 아주 즐거웠습니다."

드르륵!

자리에서 일어난 손태진이 마치 아무 일도 없다는 듯 옷차림을 고치고는 카페를 나섰다.

"……."

유리창 너머로 비치는 그를 반기는 것은 척 보기에도 고급스러운 세단이었다.

마치 TV나 영화에서 보듯 정장을 입은 기사가 내려 문을 열어줬고.

그는 아주 자연스럽게 차에 올라타고는 사라졌다.

확실히 그 모습만 봐도 나와는 사는 세상이 다른 사내였다.

그렇게 홀로 카페에 앉아 시간을 얼마나 보냈을까.

피식!

문득 웃음이 흘러나왔다.

"……결국 정리하면, 주제넘은 짓은 하지 말라는 거잖아."

아무리 생각해도 결론은 하나였다.

또한, 앞으로 손태진이란 사람은 분명 날 주시할 것이다.

적어도 같은 길을 가지 않는 이상에는 말이다.

"그래도 당신. 날 너무 어린애로 봤어."

일반적인 대학생.

그리고 갑자기 생긴 능력이라면, 지금 상황에서 두 가지 반응을 보일 것이다.

겁을 먹거나 혹은 자신을 협박한 대상을 상대로 분노하거나.

하지만 내 경우에는 둘 다 아니었다.

"지금은 내가 당신보다 아래에 있다는 것을 인정해. 사는 세상도 다르고 말이야."

손을 뻗어도 닿을 수 없는 거리.

지금의 나와 손태진 사이에서는 넘을 수 없는 격차가 분명히 존재한다.

"하지만 언제까지 그렇지는 않을 거야."

이제는 욕심이 생기기 시작했으니까.

누군가 앞에서 좀 더 당당하고 이 세상에서 더 큰 사람이 되고 싶어졌다.

어쩌면, 이게 바로 야망이란 것일지도 모른다.

"누군가에게 휘둘리는 삶 따위는 살지 않아. 내가 살아가는 인생은 다른 누구도 아닌 내가 결정하고 책임진다."

그게 나 한정훈.

과거와 현재를 오가며, 살아가는 사람이 앞으로 만들어 갈 나만의 인생이다.

"만났던 일은 잘 되셨습니까?"

운전기사의 물음에 손태진이 볼을 긁적거렸다.

"글쎄, 뭐라고 해야 할까? 분위기가 묘하다고 해야 하나. 아무튼, 처음 보는 타입의 사람이었어."

"신기하군요. 도련님이 그렇게 말하는 사람이 있다니."

"농담이 아니야. 보기에는 그저 평범한 학생인 것 같은데, 전혀 주눅 들지를 않더라니까. 원래 저 나이 때는 자기보다 높은 사람을 보면, 괜히 긴장하기 마련인데."

"그거야…… 도련님의 진짜 신분을 잘 몰라서 그런 것일수도 있지 않습니까?"

운전기사가 되묻자 손태진이 고개를 끄덕였다.

"그럴 수도 있지. 하지만 그거랑은 조금 다른 느낌. 마치뭔가 안개가 잔뜩 낀 사람과 같다고나 할까?"

인상을 찌푸렸던 손태진이 고개를 흔들고는 물었다.

"알아보라고 했던 건요?"

운전기사가 보조석에 있던 서류를 집어 뒤쪽으로 넘겼다.

"말씀하신 것처럼 그 친구가 보인 능력과 비슷한 사례가있나 찾아봤습니다."

"제임스 반?"

서류를 확인한 손태진이 되물었다.

"테스크포스 출신의 소방관입니다. 9.11 테러 당시 맹활약을 떨친 전설적인 인물이라고 하더군요. 구조 활동을 하다가 순직했는데, 미국 정부에서 메달 오브 아너를 수여 했다고 합니다."

"호오. 메달 오브 아너?"

"네, 그리고 당시 제임스 반이 보였던 능력이 도련님이 말씀하신 그 학생과 비슷합니다. 마치 투시라도 하는 것처럼, 찍는 곳마다 생존자가 있었다고 합니다."

손태진이 턱을 매만졌다.

확실히 비슷한 능력이었다.

"그리고 거기 서류 뒷장을 넘겨보시면. 그의 아들인 차일드 반 역시 테스크포스에 들어갔고 이번 KV 백화점 구조 작업에 참여했었습니다."

"혹시 그 아들도 아버지와 같은 능력?"

"그런 것 같지는 않습니다. 어디까지나 현장에서 보인 능력은 그 학생의 것이 전부였습니다."

"알았어요. 일단 조사는 여기까지 하는 걸로 하고 당분간은 그냥 지켜보는 걸로 하죠."

"알겠습니다."

운전기사가 즉각 대답하자 손태진이 손에 든 서류를 옆에 놓고는 고개를 창문으로 돌렸다.

창문 너머 스쳐 지나가는 풍경 속.

손태진의 머릿속에 한정훈의 얼굴이 떠올랐다.

그리고 그를 만나면서, 느꼈던 이상한 기분도.

"……느낌이지만, 아무래도 우리는 멀지 않아 다시 만날 것 같아. 그게 좋은 쪽이었으면, 좋겠는데. 과연 어쩌려나."

자고로 역사를 보면, 재물을 가진 사람은 권력을 탐하고. 권력을 가진 사람은 재물을 원하기 마련이었다.

그리고 두 가지를 모두 가지게 된 인간은 필연적으로 명예를 향해 손을 뻗었다.

하지만 지금의 나에게는 돈도 권력도 명예도 없었다.

그렇다면, 내가 가장 먼저 준비해야 할 것은 무엇일까?

무엇을 준비하고 가지고 있어야 타인에게 내 삶이 휘둘러지지 않을까?

돈.

권력.

명예.

하얀 백지를 향해 검은색 잉크가 휘갈겨졌다.

세 가지 모두가 탐나기는 했지만, 한 번에 모든 것을 이룰 수는 없었다.

좀 더 높이 올라가기 위해서는 한 가지를 선택하고, 그에 따른 계획이 필요했다.

"돈, 권력, 명예? 뭐야 이게?"

귀에 익은 목소리.

등 뒤에서 느껴지는 인기척에 고개를 돌려 강대호가 음료수 캔을 건넸다.

"웬 음료수?"

"오다가 주웠다. 그보다 갑자기 뭐냐. 과제?"

"아니, 그냥 갑자기 뭐가 가장 중요하냐는 생각이 들어서."

"벌써 인생 설계냐? 흠, 뭐 그래도 이 셋 중에서 고르라고 하면 뭐니 뭐니 해도 권력이 답이지."

단번에 권력을 선택하는 강대호를 보니 의문이 일었다.

"어째서?"

그가 어깨를 으쓱거리며 말했다.

"대한민국의 잘나가는 재벌들도 한순간에 무너트릴 수 있는 게 바로 권력이잖아. 고아 그룹 회장 사건 알지?"

"너무 옛날 사례를 거론한 거 아니야? 그거 10년도 더 된 얘기다."

2007년, 재계 서열 8위.

건설, 제조, 금융, 서비스 등으로 막대한 부를 축적했지만.

회장 이고성이 회사 자금을 횡령해서 약 2천억 원대의 비자금을 조성했다는 사실이 밝혀졌다.

이에 검찰은 곧 특검팀을 꾸려 수사를 진행.

어떠한 외부의 개입도 없이 공정하게 법대로 처리할 것이라고 태도를 밝혔다.

물론 그렇다고 해도 대다수의 국민들은 검찰의 말을 믿지 않았다.

[똥 묻은 개가 겨 묻은 개 나무라고 있네.]

[어차피 벌금 아니면 집행유예겠지.]

[대한민국에서 재벌이 곧 왕이잖아?]

반응은 차가웠다.

그도 그럴 것이 지금까지 사례를 보면, 죄를 지은 재벌이 제대로 된 처벌을 받는 경우는 없었다.

무죄 혹은 집행 유예가 그들이 받는 가장 큰 처벌이었다.

이 때문에 국민들은 이고성을 향한 처벌 또한 솜방망이 처벌이 이뤄질 것으로 예상했다.

그러나 결과는 반전이었다.

재판부에서 이고성에게 이례적으로 실형을 선고한 것이다.

지금까지 재벌가의 사람이 구속된 적은 있었지만, 재벌가의 회장이 구속된 적은 없었다.

당연히 당시의 사회적 파장은 작지 않았다.

"그래도 사례가 있다는 게 중요한 거지. 그리고 실제로도 재벌이 권력 앞에 자유롭지 못한 건 맞잖아? 그들이 울고 웃는 것이 바로 권력가들이 만드는 규제라는 것 때문이니까."

"빌 게이츠."

"어?"

"워렌 버핏."

"······?"

"중동의 부호만큼 재물을 가지고 있어도 과연 권력 앞에서 자유롭지 못할까?"

한국의 재벌이라고 해도 사실상 세계적으로 보면 명함도 내밀지 못할 수준이다.

자산 규모를 비교해보면, 중동의 갑부 앞에서 한국의 재벌은 구멍가게 사장 정도에 불과했다.

실제로 대한민국에서 자산 규모 5천만 달러 이상을 가진 부자는 1,800명 정도에 불과하지만.

중국 같은 경우에는 무려 12만 명이나 되었다.

강대호가 멋쩍은 얼굴로 머리를 긁적거렸다.

"뭐······ 그 정도로 재물을 가졌다면, 사실상 이미 절대 권력을 가지고 있는 게 아닐까. 공산주의가 아닌 이상 돈으로 다 찍어 누를 수 있을 테니까."

"결국, 돈이 권력을 이기는 건가."

돈을 가진 사람과 권력을 가진 사람.

그 둘이 한 자리에서 이 얘기를 했다면, 어떤 결론이 내려졌을까.

"고민은 거기까지! 돈이든 권력이든. 한 가지 분명한 건 다음 수업까지 5분밖에 안 남았고. 지각을 하면, 학점에 크게 지장이 있다는 거다. 그러니까, 허리 업!"

시계를 톡톡 두드리는 강대호의 행동에 못 이기는 척 자리에서 일어섰다.

"그나저나 너 소윤이랑 요새 사이는 괜찮음?"

강의실을 향해 앞서 걷는 강대호의 물음에 목 언저리를 긁적거렸다.

손태진과의 만남 때문에 기껏 신소윤이 먼저 내민 화해의 손길을 잡지 못했고.

그 뒤로 몇 번 연락을 취해봤지만, 이미 단단히 토라진 신소윤은 답장도 없었다.

'그렇다고 비도크의 기억에 있는 방법을 쓸 수도 없고. 이것 참……'

카사노바의 모티브가 됐던 비도크 답게 당연히 그의 기억에는 여자의 마음을 홀리는 법 또한 있었다.

하지만 그건 어디까지나 진도를 빼기 위한 것이지 신소윤에게 써먹을 방법들은 아니었다.

"우리가 사귀는 사이도 아니니까."

"뭐라고?"

"아, 아니 그냥 그렇다고."

"흠. 이대로 계속 가면 더 꿀꿀해진다. 술이라도 한잔 하든가 해서 빨리 풀어. 아니면, 내가 다시 자리 만들어 볼까?"

"됐다. 수업이나 들……"

우웅

막 강의실 문을 열고 안으로 들어서려던 찰나였다.

[010-xxxx-xxx]

핸드폰의 진동음에 발신인을 확인하니 모르는 번호였다.

"대출 전화 아니야?"

"보통 그런 건 인터넷 전화로 온다. 잠깐만."

통화 버튼을 누르고는 핸드폰을 귀에 가져갔다.

[여보세요. 혹시 한태성 씨 아들 맞으십니까?]

수화기 너머에서 뜬금없이 아버지의 이름이 흘러나왔다.

제일 먼저 든 생각은 보이스피싱이었다.

"……누구세요?"

[아, 저는 증평 경찰서 윤철환 경위입니다. 지금 한태성 씨가 교통사고를 당하셔서 충북 대학교 병원으로 후송되셨는데, 수술이 필요한 상황이라 보호자 동의서가 필요합니다.]

"교통사고요?"

아버지가 교통사고를 당했다는 말에 순간 머리가 멍해졌다.

생각지도 못한 소리에 몸이 떨렸지만, 아직 보이스피싱이란 생각이 사라진 건 아니었다.

[혹시 보이스피싱으로 오해하실 수 있으니까. 114에 전화 걸으셔서 충북 대학병원 원무과에 연결해달라고 하세요. 그리고 윤철환 경위를 찾으시면 됩니다.]

"아, 알겠습니다."

전화를 끊고 잠시 멍한 표정을 짓고 있자 강대호가 옆구리를 쳤다.

"누가 갑자기 교통사고 당했대? 야, 혹시 보이스피싱 그런 거 아니야?"

그의 생각도 나와 별반 다르지 않았다.

심호흡을 하고는 곧장 114로 전화를 걸었다.

[힘내세요. 고객님. 무엇을 도와 드릴까요?]

"충북…… 충북 대학병원 원무과 부탁합니다."

[충북 대학병원 원무과요? 바로 안내해드리겠습니다.]

안내 멘트에 따라 충북 대학병원 원무과의 전화번호가 흘러나왔다.

1번을 누르자 신호음이 몇 번 가더니 이내 수화기 너머로 목소리가 들려왔다.

[네, 충북 대학병원 원무과입니다.]

"……혹시 거기에 윤철환 경위라고 있습니까?"

지극히 짧은 시간.

심장의 박동 소리가 커지면서, 마치 내 몸을 잡아먹을 것 같았다.

그저 단순한 보이스피싱이었기를 간절히 빌고 또 빌었다.

하지만 하늘은 그런 내 기도를 일말의 망설임도 없이 짓밟아 버렸다.

[아, 네. 잠시만요.]

"아……."

[전화 바꿨습니다. 윤철환 경위입니다.]

"······."

[여보세요?]

꿀꺽

"아버지, 아버지 많이 다쳤습니까?"

보이스피싱이 아님이 밝혀지자 아버지의 상태가 가장 먼저 걱정되었다.

[아, 한정훈 씨. 현재 한태성 씨 의식이 없는 상태입니다. 의사의 소견으로는 뇌에 출혈이 있어서 그럴 수 있다고 하는데, 일단 장기 쪽도 이상이 있어서 한시라도 빨리 수술을 하는 편이 좋을 거랍니다. 지금 이곳으로 오실 수 있지요?]

가는 거야 문제가 될 리 없었다.

문제는 지금 내가 있는 곳이 서울이라는 것이다.

아무리 빨리 간다고 해도 족히 두 시간은 걸릴 것이다.

"제가 지금 서울에 있습니다. 당장 출발한다고 해도······."

[이런, 그럼 혹시 같은 지역에 다른 보호자 분 없습니까? 가족이 아니더라도 됩니다. 친척이나 친구분이요. 핸드폰에 저장된 이름은 한정훈 씨가 유일해서······.]

까득.

뭐라 할 말이 없었다.

친척이야 이미 형편이 어려울 때 진즉 그 인연이 끊어졌고, 아버지의 친구분에 대한 것은 아무것도 알지 못했다.

"······!"

그러다 문득 한 사람의 얼굴이 머릿속에 떠올랐다.

그나마 내 기억 속에 있는 사람 중에서 병원과 가장 가까이에 있는 유일한 사람.

하지만 그리 썩 좋은 인연으로 엮인 사람은 아니었다.

'그래도 지금은 방법이 없어.'

이래나 저래나 내가 선택할 수 있는 방법은 하나뿐이었다.

"제가 연락을 해보고 다시 전화 드리겠습니다."

[알겠습니다. 그럼, 아까 그 번호로 연락 주세요.]

윤철환과의 통화를 종료하고 곧장 기억을 더듬어 하나의 번호를 검색했다.

[문세아]

증평에 있는 레드짐의 관장.

과거 그녀는 내 재능을 높게 평가해서 나에게 수시로 연락을 취했다.

하지만 운동에 관심이 없었던 나는 그녀의 연락을 모두 무시했다.

그런 상황에서 연락을 한다는 것 자체가 비겁하고 추한 노릇이지만.

지금은 바짓가랑이라도 붙잡을 때였다.

딸칵.

[……여보세요? 한정훈 고객님 아니, 한정훈 씨! 어머,

제 번호가 있긴 있었나 봐요? 문자랑 전화를 그렇게나 씹어 드시더니 이렇게 전화를 다 주시고. 잠깐 저기 혹시…… 운동을 해보겠다는 생각이 든 거예요? 그렇죠? 그쵸? 여보세요? 왜 말이 없어요!]

시큰둥한 목소리로 반응을 보이던 문세아의 톤이 갑자기 높아졌다.

'지금은 아버지만 생각하자.'

잡다한 생각은 아무런 도움이 되지 못했다.

생각을 굳히고는 곧장 입을 열었다.

"……그때 말씀하신 거 하겠습니다. 대신 부탁 하나만 들어줄 수 있습니까?"

[잘 생각…… 에? 부탁이요? 음, 저기 보증은 안 돼요. 우리가 아직 그런 사이도 아니고. 또 돈은…… 다음 달 관리비 낼 돈도 없는데…… 혹시 뭐 사람 때려 달라는 그런 건 아니죠?]

점점 그녀의 목소리가 작아져 갔다.

그녀는 이전과 전혀 달라진 게 없었다.

"그게 아니라 아버지께서 교통사고를 당하셔서 현재 충북 대학병원에 입원해계십니다. 급히 수술을 해야 하는데, 현재 제가 서울에 있어서 당장 수술 동의서를 작성할 수가 없습니다. 다른 사람에게 부탁을 하려고 해도 아는 분이 없어서…… 제발 부탁드립니다."

말을 하면서도 점점 목이 메 왔다.

아무것도 하지 못하는 나 자신이 한심하고 답답해 미칠 지경이었다.

[이봐요, 무슨 그런 소리를 해요!]

수화기 너머로 화난 음성이 들려왔다.

'하아……'

그저 스쳐 지나가듯 짧은 만남.

그것도 좋은 인연을 쌓은 것도 아닌 사람에게는 무리한 부탁이었던 것일까.

아니, 문세아 그녀가 아니라 다른 사람 누구라도 비슷한 반응을 보였을 것이다.

"……제가 괜한 소리를 한 것 같네요. 죄송합니다."

[아니, 잠깐! 잠깐만요! 무슨 사람이 그런 것만 성격이 급해요?]

"예?"

막 종료 버튼을 누르려던 수화기를 다시 귀에 가져가자, 문세아가 부드러워진 목소리로 말했다.

[한시가 급한 상황이면, 용건부터 말했어야지. 남자답지 못하게 말을 빙빙 돌리기는. 충북 대학병원이라고 했죠? 지금 그리로 갈 테니까 아버님 성함이나 알려줘요. 그리고 상황 확인하는 데로 연락할 테니까, 이번에도 내 연락 씹으면 알죠?]

만약 인근에 아는 지인이 한 명이라도 더 있었다면.

난 절대 문세아에게 부탁을 하지 않았을 것이다.

그녀와 내 관계는 아무리 좋게 봐도 무언가 부탁을 할 사이는 아니었다.

하지만 물에 빠진 사람은 힘없는 지푸라기도 잡기 마련이었다.

아무것도 하지 않고 하게 되는 후회는.

오히려 뭔가를 하고서 하게 되는 후회보다 더 뼈아픈 법이었다.

충북 대학병원으로 가는 길.

문세아는 고맙게도 문자를 통해 실시간으로 상황을 알려 줬다.

[지금 병원에 도착했어요. 오는 중이에요?]
[원무과에 가서 수술 동의서 서명했어요.]
[의사 말로는 수술 시간은 장담할 수 없대요.]
[지금 막 아버님 수술실로 들어갔어요.]

생각지도 못한 그녀의 배려에 오히려 지난날의 내 행동이 미안할 지경이었다.

그렇게 두 시간 정도가 지나 병원의 로비에 도착하자 마중 나와 있는 문세아의 모습이 보였다.

산책이라도 나온 듯 편안한 차림의 복장이었다.

하지만 그만큼 내 연락을 받고 급하게 병원을 왔기 때문일 것이다.

그녀의 옆에는 삼십 대 중 후반으로 보이는 사내가 같이 서 있었다.

소개가 없어도 지금 상황에서 그가 윤철환 경위임을 아는 것은 어렵지 않았다.

"어? 저기 왔네요."

한 발짝 빠르게 날 발견한 문세아가 손을 머리 위로 흔들었다.

재빨리 걸음을 옮겨 걸어가자 윤철환 경위가 오른손을 내밀었다.

"한정훈 씨? 증평 경찰서 소속 윤철환 경위입니다. 전화받고 많이 놀라셨죠?"

"네, 그보다 아버지 상태는 어떻습니까?"

고개를 끄덕이며 질문하자 문세아가 말을 받았다.

"이제 들어간 지 한 시간쯤 되셔서 수술 경과는 잘 몰라요. 의사 말로는 갈비뼈랑 다리뼈가 부러졌고 내장 파열이 있는 것 같다고 하셨어요. 그리고 머리에도 꽤 충격이……."

설명만 들어도 목숨이 위험한 중상이었다.

"후우……."

길게 숨을 내쉬었다.

병원으로 오면서 계속 흥분하지 말자고 다짐했었다.

하지만 막상 아버지의 상태를 직접 들으니 그 또한 쉽지 않았다.

고개를 돌려 윤철환 경위를 쳐다봤다.

"대체 어떻게 된 일인가요?"

"횡단보도를 건너는 한태성 씨를 차량이 들이받았습니다."

"설마 아버지가 무단 횡단을 했다는 건가요?"

믿기지 않는 소리였다.

사소한 것 하나 법을 지키려는 아버지의 행동 때문에, 어린 시절 얼마나 많이 다퉜던가.

윤철환 경위가 고개를 저으며 말을 이었다.

"아니요. 블랙박스와 인근 CCTV 확인 결과 무단 횡단은 아니었습니다. 일반적이라면 이런 경우 가해자의 100% 과실이 인정되지만, 이번 사건은 그게…… 좀 복잡합니다."

"복잡하다고요?"

"가해자가 정신 질환을 앓고 있다고 합니다. 그래서 평소 약을 복용하는데, 사고 당시에는 약을 먹지 않아서 그때의 일이 전혀 기억이 나지 않는다고 합니다."

"그게 지금 무슨 소리입니까? 정신 질환이 있는 사람이 운전을 해요?"

이게 무슨 개 풀 뜯어 먹는 소리란 말인가.

문세아 역시 어이가 없다는 표정으로 눈살을 찌푸렸다.

"기가 막히네. 술 먹고 사고 친 사람이 기억 없다고 하는 것 봤지만, 정신 질환? 그럼 대체 운전은 어떻게 했대요?"

그녀의 궁금증은 나 역시 마찬가지였다.

윤철환 경위가 콧등을 긁적거렸다.

"크흠. 그게 우리나라 교통 법규는 자신이 자진 신고를 하지 않는 이상 특정 질병을 가지고 있어도 운전면허를 취득하는데 아무런 문제가 없습니다. 면허를 취득하고 나서 병이 걸려도 마찬가지입니다."

한 마디로 법 자체에 문제가 있다는 소리였다.

까득

"그래서 정리하자면 뭡니까. 설마 아버지를 친 그 사람이 병을 앓고 있다고 해서 처벌을 하지 못한다 그런 겁니까?"

"그건 아닙니다. 하지만 일반적인 상황과는 조금 달라서요. 그리고 가해자도 현재 안정이 필요한 상태라 시간이 좀 걸릴 것 같습니다."

"그 사람 어디 있습니까?"

"네?"

"가해자! 아버지를 친 그 사람 말입니다."

윤철환 경위가 대답을 망설이고 있자 옆에 있던 문세아가 재빨리 입을 열었다.

"5층 6호실이에요. 아까 원무과에서 들었어요."

"아니, 그게…… 일단은 좀 진정하시고 저랑 따로 얘기를 나누시는 게 어떻습니까? 지금은 아버지가 다치셨다는 것 때문에 감정이 격해졌으리라 생각됩니다. 하지만, 이런 상황에서는 일단은 마음을 가라앉히고 이성적으로 풀어가는 게 중요합니다."

막 걸음을 옮기려는 내 팔목을 윤철환 경위가 잡았다.

고개를 돌려 그의 얼굴을 보니 뭔가 꺼림칙함이 가득한 기색이었다.

'그러고 보니 왜?'

이상한 기분이 들었다.

상식적으로 생각해보면, 윤철환 경위는 피해자가 아닌 가해자를 만나고 있어야 아귀가 맞다.

그런데 지금 그의 행동을 보면, 마치 내가 가해자를 만나는 것을 원치 않는 눈치였다.

탓

"얘기는 그 가해자를 만난 뒤에 하죠."

윤철환 경위의 손을 뿌리치고 곧장 엘리베이터로 걸음을 옮겼다.

대학 병원의 특실.

말 그대로 상위 1%를 위한 병실로 하루에 적게는 수십, 많게는 수백의 비용이 발생하는 곳이다.

그리고 아버지를 친 가해자는 그 특실에 입원해 있었다.

웃긴 건 그뿐만이 아니었다.

6호실로 짐작되는 병실의 입구 앞에 검은 정장 차림의 남성 두 명이 서 있었다.

마치 영화나 드라마에서 보던 장면처럼 말이다.

'보디가드?'

특수부대 훈련 교관 출신인 마이클 도먼의 기억에 따르면, 남성들은 분명 보디가드였다.

하지만 그렇다고 해서 그 수준이 썩 높아 보이지는 않았다.

이제 막 업계에 발을 디딘 수습이라고나 해야 할까.

"정신 질환이 있는 사람이라더니, 높은 사람이라도 되나 봐요?"

뒤따라온 문세아의 물음에 윤철환 경위가 곤란한 표정으로 말했다.

"그게…… 양송찬 씨라고, 이 근방에서 꽤 유명한 지역 유지입니다. 지역 경제 발전을 위해서 많은 애를 쓰시고 있는 분이죠."

"헤에. 요새 지역 유지는 경호원도 대동하나 보네요. 정신 질환이 있으셔서 그런가? 서민인 저는 몰랐네요. 흐음, 저런 경호원들 고용하려면 얼마나 들려나."

스윽

고개를 돌려 윤철환 경위를 쳐다봤다.

"위중한 상태입니까?"

"예?"

"아까 안정이 필요하다고 말씀하셨는데. 아버지를 친

가해자도 위중한 상태인지 묻는 겁니다."

"크흠. 멀쩡하지 않으니 입원을 하지 않았을까요?"

경찰은 원래 거짓말을 잘하지 못하는 것일까.

아니, 윤철환 경위 이 사람 자체가 거짓말을 못 하는 것일 것이다.

저벅저벅

걸음을 6호실 쪽으로 옮기자, 문 앞을 지키고 있던 보디가드의 시선이 내게로 향했다.

"무슨 일로 오셨습니까?"

"저 안에 입원해 계신 양송찬 씨를 만나려고 합니다. 환자는 아직 안정이 필요한 상태죠?"

양송찬의 이름이 흘러나오자 두 사람이 서로 시선을 교환했다.

그 틈에 윤철환 경위가 다시금 말을 이었다.

"아, 그리고 여기 이 분은 피해자의 아들 되시는 분이십니다."

"죄송하지만, 현재 양송찬 씨는 담당 의사의 소견에 따라 절대 안정이 필요한 상태입니다. 따로 연락처를 주시면 나중에 연락드리겠습니다."

"정훈 씨. 일단은 이쪽도 환자이니까 안정을 찾으면, 다시 오도록 하시죠."

앞선 보디가드와 윤철환 경위의 말을 무시하고 손을 병실의 손잡이로 뻗었다.

그러자 다른 보디가드의 손이 내 손목을 잡았다.

"연락처 남겨 주시죠."

손목을 잡은 보디가드를 향해 고개를 돌렸다.

"잠깐, 얼굴만 봤으면 하는데요."

"남겨주시죠. 연락처."

상대의 얼굴을 보니, 말로 한다고 해서 들어줄 것 같지가 않았다.

"후우."

가볍게 숨을 내쉬며 눈을 감았다.

'이런 상황에서 쓰일 줄은 몰랐는데.'

지금은 꼭 그 가해자의 얼굴을 봐야겠다.

설령 힘을 쓰더라도 말이다.

감았던 눈을 뜨는 순간.

몸에 힘을 주며, 내 손을 잡고 있던 보디가드의 손을 그대로 뿌리쳤다.

"어, 어……."

손을 잡고 있던 보디가드가 당혹스러운 신음과 함께 휘청거리며 뒤로 물러섰다.

뒤늦게 상황을 파악한 다른 보디가드가 급히 내 어깨를 향해 손을 뻗었다.

'유도다.'

보디가드의 움직임을 보는 순간 격투술의 종류가 곧장 머릿속에 떠올랐다.

〈격투술〉

고유: 패시브

등급: D+

설명: 20세기. 미 해군 소속 특수부대 네이비 실의 훈련 교관이자 보디가드였던 마이클 도먼의 고유 특기입니다.

효과: 눈으로 보고 몸으로 체감한 격투술을 분석하고 파악. 빠른 속도로 습득합니다. 대상이 되는 상대의 숙련도가 높을수록 더욱 높은 성취를 이룰 수 있습니다. 등급에 따라 습득 가능한 숙련도가 제한 됩니다.

특성의 효과로 인해 대다수 격투기의 움직임은 내 눈에 담겨 있었다.

더불어 마이클 도먼의 기억에는 그런 움직임을 효과적으로 제압하는 방법 또한 다수 존재했다.

상대가 격투술의 달인이라면 모를까.

단순한 숙련자라면.

압도적인 신체 조건을 가진 내가 무조건 이긴다.

스윽

가볍게 몸을 돌려 어깨를 잡아오려는 손을 피했다.

그리고는 곧장 그의 손목을 잡고 하늘을 향해 꺾었다.

상대보다 힘과 민첩함이 압도적으로 위에 있을 때 가능한 기술이었다.

우드득.

"크악!"

어깨를 잡아채려던 그의 입에서 단숨에 비명이 터졌다.

"억지로 빼려고 하면 부러집니다."

뼈 울림소리가 있었지만, 아직 부러진 것은 아니었다.

단지 갑작스러운 힘에 근육과 뼈가 함께 놀랐을 뿐이었다.

"이 자식이!"

남은 보디가드 한 명이 양팔을 벌리고는 허리를 향해 치켜 들어왔다.

'이번에는 레슬링.'

그러나 이번에도 숙련자 수준에 불과한 움직임이었다.

왼쪽 발에 힘을 줘서 균형을 잡고는 그대로 오른발을 상대의 가슴팍을 향해 내질렀다.

퍽!

발끝에 느껴지는 묵직함과 함께 급격히 동공이 확대된 보디가드의 얼굴이 보였다.

"크악"

동시에 단발의 비명과 함께 기술을 펼치던 그가 반대편 벽으로 날아갔다.

그리고는 곧장 손목이 잡힌 보디가드의 손을 놔주며 무릎 관절을 발로 찼다.

"윽."

자연스레 무릎이 꿇린 그는 이내 인상을 한껏 찌푸린 얼굴로 손목을 어루만졌다.

두 명의 보디가드가 제압되기까지 걸린 시간은 딱 10초였다.

"뭐야, 내 연락 무시하고 다른 데서 뭘 배운 거야? 이거 끝내주게 멋있잖아."

감탄 어린 목소리에 고개를 돌리니 상기된 얼굴의 문세아가 보였다.

그 옆에 윤철환 경위는 벙쪄 있는 표정이었다.

설마 내가 보디가드 두 명을 이렇게 쉽게 제압할 수 있으리라고는 생각하지 못했을 것이다.

"보셔서 알겠지만, 먼저 손을 쓴 건 저쪽입니다. 전 방어를 한 것이고요."

"하지만……."

"복싱 챔피언 출신인 이 문세아가 똑똑히 봤어요. 먼저 손을 쓴 사람들은 바로 저기 보디가드들이에요."

윤철환 경위가 어이없는 얼굴로 문세아를 쳐다봤다.

그녀가 어깨를 으쓱하고는 이내 날 향해 오른쪽 눈을 찡긋거렸다.

그 모습에 고개를 한 번 흔들고는 이내 양송찬이 입원한 병실의 문을 열었다.

드르륵

"이제 다 끝났나? 정리됐으면, 자네들도 이리 와……."

문을 열고 병실에 발을 들여놓자 중년 사내의 목소리가 흘러나왔다.

하지만 무엇보다 기가 막힌 것은 따로 있었다.

정신 질환에 안정이 필요한 환자가 멀쩡한 표정으로 초밥을 먹고 있던 것이다.

그것도 한 상 가득히 차려놓고 말이다.

"하……."

너무 화가 나면 분노보다는 어이가 없기 마련이었다.

고개를 돌려 뒤쪽에 있는 윤철환 경위를 쳐다봤다.

그는 나와 시선이 마주치자 이내 난처한 표정을 짓더니 고개를 돌려버렸다.

그 행동이 무엇을 뜻하는지 모를 내가 아니었다.

처음부터 그는 양송찬이 멀쩡하다는 사실을 알고 있었다.

순간, 지금까지 알지 못했던 머릿속에 뭔가가 뚝 하고 끊어지는 느낌이 들었다.

"당신들 지금 뭐 하자는 짓거리야?"

TIME ROULETTE 타임룰렛

Chapter 29. 선택

으드득.

가슴속에서 치밀어 오른 분노는 쉽게 가라앉지 않았다. 당장이라도 눈앞에 있는 양송찬을 향해 주먹을 날리고 싶었다.

하지만 이런 심정이 너무 티가 났던 것일까? 손목을 타고 따뜻한 기운이 느껴졌다. 고개를 돌려 쳐다보니 문세아가 붉은 빛이 감도는 입술을 달싹거렸다.

'침착해요.'

귓가로도 들리지 않은 한 마디. 하지만 마음으로는 들려왔다. 숨을 한 번 크게 들이마시고는 여전히 난감한 표정을 짓고 있는 윤철환을 향해 말했다.

"······지금 당장 내가 이해할 수 있는 설명이 필요할 겁니다."

"후우. 일단, 나가시죠. 여기서는 조금 그렇고 나가서 설명 드리겠습니다."

어쩔 수 없다는 듯 윤철환이 내 옷을 잡아끌었다. 그런 그의 모습을 잠시 지켜보다가 시선을 반대편으로 돌렸다.

"크흠."

아무 말 없이 상황을 지켜보던 양송찬은 나와 눈빛이 마주치자 괜스레 시선을 창밖으로 돌렸다.

그 천연덕스러운 모습에 다시 가슴에서 뭔가가 울컥 치밀어 올랐지만, 이번에도 문세아가 먼저 나서서 내 손을 잡아주었다.

"마음은 알겠지만, 그래도 폭력은 안 돼요. 자칫했다가는 오히려 상황을 더 복잡하게 만들 수 있어요."

문세아가 눈짓으로 가리킨 곳에는 CCTV가 설치되어 있었다.

"······."

입술을 깨물며 고개를 끄덕였다. 그 모습에 윤철환 경위가 잡았던 옷을 끌고는 앞서 걸음을 옮겼다.

"가시죠."

병실을 벗어나 향한 곳은 병원 지하 1층에 마련되어 있는 휴게실이었다.

"저는 잠깐 피해 있을 테니, 두 분이서 얘기 나누세요."

자판기에서 커피 두 잔을 뽑아 윤철환 앞에 놓아둔 문세아는 구석으로 자리를 옮겨 앉았다.

"어떤 것부터……."

"정신 질환이 있다고 들었습니다."

"……."

"그런데 멀쩡하게 병실에 앉아 초밥을 먹고 있더군요. 물론 정신질환이 있다고 해서 초밥을 못 먹는 건 아니겠죠. 하지만, 한눈에 보기에도 멀쩡한 가해자를 어째서 조사도 하지 않고 그냥 지켜만 보고 있는 겁니까?"

"후우……."

윤철환이 자신의 관자놀이를 지그시 눌렀다. 그러더니 연이어 한숨을 푹 쉬고는 진지한 얼굴로 입을 열었다.

"정훈 씨, 돈 많습니까?"

"……?"

"아니면, 친인척 중에 잘 나가는 로펌의 변호사나 검사 혹은 정치인이나 재벌 있어요?"

"하고자 하는 말이 뭡니까?"

"정훈 씨가 제 동생 같아서 하는 말이니까 오해하지 말고 들으세요. 형사 생활 15년 감으로 알 수 있습니다. 고소를 하던 생 지랄을 떨던 저 자식이랑 싸우면 못 이깁니다. 물론 정말 운이 좋아 이길 수도 있겠죠. 하지만 많은 시간이 필요할 것이고, 상황이 정리될 때쯤에는 정훈 씨의 일상이 대부분 망가져 있을 겁니다. 그렇게 되면 이겨도 이긴

게 아니죠. 결국 피를 보는 쪽은 정훈 씨가 되는 거니까요."

"……."

알 수 있었다. 지금 윤철환 경위가 진심으로 말하고 있다는 사실을 말이다. 대답을 하지 않고 가만히 있자 윤철환 경위가 말을 이었다.

"이름 양송찬. 할아버지와 아버지에 이어 대대로 이 지역 유지였습니다. 덕분에 지역구 국회의원은 물론 시장과 시의원들과 호형호제하며 지내고 있습니다. 당연히 저희 서장님과 반장님과도 안면이 있죠."

"……그래서요? 국회의원이랑 친하고 시장이랑 호형호제 하면, 죄를 지어도 처벌 안 받는 겁니까? 신호 위반해서 사람을 저렇게 만들었으면, 당연히 처벌 받는 게 정상 아닙니까? 그러라고 있는 법 아닙니까?"

"후우. 정훈 씨, 젊은 양반이 제 말을 이해하는 게 그렇게 어렵습니까? 법이요? 당연히 법대로 하면 처벌 받아야 겠지요. 하지만 저 인간은 우리랑 사는 세상이 다른 사람입니다. 세상이 달라요."

"사는 세상이 다르다라……."

"네, 이런 말씀 드리기는 뭐하지만, 아버님이 돌아가신 것도 아니고 치료 받으시면 충분히 쾌차하실 수 있는 상황입니다. 또 저쪽에서는 이번 일을 크게 만들고 싶어 하지 않으니, 적당하게 합의해주시면 치료비 명목으로 돈도 꽤 받으실 수 있을 겁니다. 그러니 정훈 씨, 감정적으로 행동하기보다는 이성적으로 행동하세요."

어이가 없었다. 정의를 수호하고 법을 집행해야 할 경찰이 눈앞에서 힘이 없으니, 부조리와 타협을 하라 권하고 있다.

더욱 분노가 치솟는 것은 만약 내가 아무런 힘이 없었다면, 눈물을 머금고 윤철환 경위의 제안을 받아 들였을 것이라는 사실이었다.

과거의 나였다면, 당장 아버지의 병원비조차 감당할 수 없었을 테니까. 일단은 돈을 위해서 아버지의 치료를 위해, 이 부조리한 현실에 타협했을 것이다.

화가 나고 분하더라도 그게 현실이니까.

"……얼마를 주겠다고 합니까?"

"네?"

"합의금 말입니다."

"아! 잘 생각했습니다. 합의금은 걱정 마세요. 치료비를 제외하고도 몇 년간은 놀고먹을 정도의 돈을 받을 수 있을 겁니다. 저 인간 가진 거라고는 돈 밖에 없는 인간이니까요."

"……알겠습니다. 일단은 아버지가 깨어나시면, 남은 얘기는 다시 하시죠."

꽈악.

갑자기 윤철환 경위가 내 손을 자신의 손으로 잡았다.

"미친 듯이 화가 나고 또 속상하고 모든 게 원망스러울 겁니다. 왜 이런 일이 나한테 생긴 것일까라는 생각도 들겠죠."

"……."

"저도 정훈 씨 나이에 동생을 뺑소니로 잃고 복수하겠다는 일념 아래에 형사가 되었지만, 결국 경찰이 되고나서도 제가 할 수 있는 건 아무것도 없었습니다. 내가 미친놈처럼 날뛸수록 오히려 힘들어 하는 건 늘 제 주변 사람이었습니다. 정훈 씨, 힘이 없어서 고개를 숙이고 잠시 피하는 건 절대 부끄러운 일이 아닙니다. 정말 부끄러운 건 내 주변을 보지 않고 내 감정을 위해서만 행동하는 겁니다. 그러니까…… 굽힐 때는 굽히세요. 그건 절대 창피한 게 아닙니다."

"……."

손목을 잡고 있는 윤철환의 손이 부르르 떨렸다.

"그리고 이제 와서 하는 말이지만, 정말 미안합니다. 미안해요. 형사나 되어가지고 이런 말을 하는 제 자신도 부끄럽습니다. 하지만, 계란이 바위를 깰 수 없듯이 대한민국의 현실도 마찬가지입니다. 정훈 씨 자신을 위해서, 그리고 아버지를 위하고 주변을 생각해서 절대 무모한 짓은 하지 마시길 바랍니다."

드르륵!

자리에서 일어난 윤철환 경위가 이내 허리를 90도로 숙였다. 그리고 한참 동안 그 자세를 유지하다가 이내 말없이 휴게실을 벗어났다.

그리고 어쩐지 그의 뒷모습은 처음 봤을 때보다 유난히 작아져 있었다.

"……그래, 이게 현실이지."

수많은 사람을 구하고 그들을 위해 목숨을 걸었다. 그러나 결국, 현실에서는 내게 있어 가장 소중한 사람을 위해서 아무것도 할 수 있는 게 없었다.

당장 천 명의 사람을 구한다 한들 내 눈앞에 있는 사람 하나 구하지 못하는 능력이 무엇이 대단하겠는가. 더욱이 그 한명이 세상 그 누구보다 소중한 아버지인데도 말이다.

"바보 자식. 무엇이 그리 대단하다고 우쭐했는지."

자조 섞인 웃음이 입술 밖으로 새어나올 때였다.

저벅저벅!

"배 안 고파요?"

발걸음 소리와 함께 낯익은 목소리에 고개를 돌려보니, 어느새 옆으로 다가온 문세아가 자신의 배를 쓰다듬고 있었다.

"나 오늘 꽤 열심히 도운 것 같은데. 밥 한 끼 얻어먹을 정도는 되는 거죠?"

"후우, 후우. 칼칼한 국물을 보니 소주도 당기네. 이모 여기 이슬이 하나 주세요!"

빨간 국물의 육개장을 숟가락으로 큼지막하게 떠먹던 문세가아가 곧장 오른손을 올려 소주 한 병을 주문했다.

"후레쉬? 아님 두꺼비?"

"당연히 두꺼비죠! 시원한 걸로 주세요!"

주방 이모가 곧장 빨간 뚜껑의 소주와 잔 두 개를 테이블 위에 올려 두었다.

딱!

뚜껑을 연 문세아가 곧장 소주잔에 소주를 가득 채워 넣더니 그중 하나를 내게 내밀었다.

"한 잔 해요."

"괜찮습니다."

"먹어요."

"......?"

"샌님도 아니고 소주 한 잔 못 먹는 건 아닐 거 아니에요? 속도 답답하고 기분도 꿀꿀할 텐데 한 잔 쭉 마셔요."

말을 마친 문세아가 곧장 자신의 앞에 소주가 가득 담긴 소주잔을 들이켰다.

그 모습을 바라보다가 이내 나 역시 내 앞에 있는 소주잔을 입술로 가져갔다.

"크으."

알싸한 알코올의 향과 함께 목젖을 타고 짜릿한 느낌이 전해져 왔다.

조르르르.

기다렸다는 듯 빈 잔에 소주를 채워 넣은 문세아가 자신의 잔에도 마저 소주를 채웠다.

"괜찮은지, 혹은 힘내라든지 또는 앞으로 어떻게 할 것이냐는 말은 묻지 않을게요."

의외였다. 내가 첫 만남에서 느낀 그녀라면 지금 당장 그러한 것들을 물어볼 것이라고 생각했기 때문이다. 문세아가 피식 웃으며, 자신 앞에 놓인 소주잔을 들어 올렸다.

"지금 의외라고 생각했죠?"

"……!"

"얼굴에 다 쓰여 있어요. 크으. 역시 이 맛이라니까. 아, 좋다."

소주를 반 쯤 들이 마신 그녀가 잔을 내려놓고는 말을 이었다.

"난 중학교 2학년 때 교통사고로 부모님을 잃었어요. 그때 주변의 사람들이 와서 위로라고 온갖 말을 해줬는데, 사실 아무런 위로도 되지 않았죠. 마음속에 드는 생각은 '너희들이 내 마음을 어떻게 알아?' 이런 거였어요. 일종의 반항 심리였다고나 할까?"

"……."

"그 와중에 정작 가장 위로가 되었던 건 아무 말 없이 그저 내 옆을 지켜주던 친구였어요. 그 친구는 위로도 격려도 하지 않고, 그저 내가 울면 묵묵히 어깨를 두드려주고 휴지를 건네줬는데 그게 그 어떤 위로보다 고마웠어요. 그러니까 난 정훈 씨에게 뭐라 하지 않을 거예요. 내가 그런 주제가 되는 것도 아니고. 우리가 또 그렇게 가까운 사이는 아니잖아요? 후우, 쓰다."

그리고 그녀는 아무런 말없이 앞에 놓인 육개장과 소주를 마셨다. 나는 그저 그런 그녀를 물끄러미 바라볼 뿐이었다.

그렇게 육개장 그릇의 바닥이 거의 드러날 때 쯤. 테이블에 소주가 하나 둘 늘어나기 시작하더니, 이윽고 그 숫자는 세 병을 넘어갔다.

"꺼억. 잘 먹었다. 우리 약속은 이걸로 퉁 치죠."

"약속이요?"

"어허! 제가 정훈 씨 부탁 들어주면 저랑 같이 운동하기로 했던 거 잊었어요?"

"아!"

"그거 그냥 이걸로 퉁 치자고요. 아까 보디가드들 때려 눕히는 거 보니까 내가 뭐 가리킬 것도 없겠던데요. 자세히 보니까 어지간한 프로보다 실력도 좋아 보이고. 뭐, 정훈 씨 챔피언이나 그런 거 별로 관심도 없잖아요? 그러니까 우리 가끔…… 연락이나 하고 지내요. 그 정도는 괜찮죠?"

굳이 거절할 이유가 없는 제안이었다. 고개를 끄덕이니, 문세아가 빙그레 웃었다.

"약속했어요? 또 이전처럼 제 연락 무시하기 없기에요."

"오늘 정말 고마웠습니다."

"됐어요. 아니, 뭐 정말 고마우면 다음에는 육개장 말고 고기라도 사시던가요. 이왕이면 소고기로. 아! 한우가 아니어도 되요. 무한 리필이라던 지. 돼지고기도 뭐……."

문세아가 머리를 긁적거리며 부끄러운 듯 말을 삼켰다. 그런 그녀의 모습을 보니 괜스레 나 역시 입가에 미소가 지어졌다.

"소고기. 그것도 한우로 사드릴 게요."

"어? 약속했어요. 나 꽤 많이 먹는데."

"그 정도는 은인에게 충분히 베풀 수 있습니다."

"은, 은인? 헤에……."

문세아가 배시시 웃더니 이내 내 표정을 발견하고는 이내 굳은 표정을 지었다.

"크흠. 고, 고기는 언제든 사주고 싶을 때 연락해요. 아버님 병간호 잘하고…… 저도 시간될 때 찾아뵐게요. 그럼 다음에 봐요."

말을 마친 문세아가 재빨리 식당을 벗어났다. 그 뒷모습을 바라보다가 이내 시선을 돌려 내 앞에 있는 소주잔을 쳐다봤다.

벌컥.

남아 있는 소주를 단숨에 들이켜고 나니 화끈한 느낌이 목 언저리에서 느껴졌다. 하지만 오히려 그 느낌에 가슴 한곳의 답답함은 사라지고 머릿속 역시 개운해졌다.

"……이대로 끝낼 생각은 없어."

어쩌면, 가진 것이 없다면 윤철환 경위의 말이 가장 현실적인 선택일 것이다.

계란으로 바위를 깰 수 없다는 말.

그래 계란으로는 바위를 깰 수 없다. 하지만, 소중한 이가 고통 받고 있는 사람의 마음은 계란이 아닌 그보다 더 약한 것일지언정 단단한 다이아몬드라도 깨고 부술 수 있다.

그게 사람의 마음이니까.

빈 소주잔에 이제는 얼마 남지 않은 소주를 채워 단숨에 들이켰다.

벌컥.

또 다시 뜨거운 기운이 목젖을 타고 가슴 언저리로 내려갔다. 가볍게 숨을 들이쉬자 뜨거운 열기가 전신을 타고 움직였다.

"아버지. 겁 많고 소심했던 저를 항상 지켜 주셨듯이 이제는 제가 지켜드릴게요. 권력이 됐든 돈이 됐든, 그 무엇이든. 절대 아버지가 억울함을 겪도록 하지 않을 겁니다. 저한테는 이 세상에서 아버지가 가장 소중한 사람이니까요."

스스로를 향한 다짐이자 약속.

그리고 만약 이 일을 함에 있어 가로 막는 게 있다면, 나 한정훈은 내가 가진 모든 것을 동원해서 그것을 모두 부숴 버릴 것이다.

만약 내게 룰렛이 없었다면 어땠을까?

　　내가 선택할 수 있는 방법은 무엇이 있었을까?

　　방으로 돌아와 룰렛을 바라보고 있자니, 문득 이런 생각이 들었다.

　　평범한 20대의 명문대 대학생.

　　할 수 있는 것이 많을 리 없다.

　　"하지만 지금의 나는 가지고 있어."

　　내 눈앞에는 시간을 돌리고, 특별한 능력을 갖출 수 있도록 해주는 물건이 있다.

　　지금까지는 타인을 위해 생명을 구하고 역사를 바꿨지만, 이번만큼은 오로지 나 자신을 위해 돌릴 것이다.

　　"후우."

　　드르륵!

　　레버를 당기자 룰렛의 숫자판이 회전하기 시작했다. 이미 술기운은 사라진 지 오래였다.

　　대신 머릿속에는 전과 다르게 하나의 욕망으로 가득 차 있었다. 이번 사건을 계기로 철저히 느낀 사실 한 가지. 그건 바로 돈이 가진 힘이었다.

　　평등이라는 이름 아래 법이라는 것이 엄연히 존재하고 있지만, 이번 사건을 통해 절실히 깨달았다. 돈이 어떤 힘을 가지고 있는 지 말이다.

만약 양송찬이 그 지역에서 무소불위의 힘을 가진 유지가 아니었다면, 과연 윤철환 경위가 그런 반응을 보였을까?

동생을 뺑소니 사고로 잃고 그런 부조리함을 극복하고자 경찰이 된 사람이 좌절할 정도라면, 돈과 권력이 합세한 부조리는 과연 얼마나 대단한 것일까?

단 한 번도 넉넉했던 적이 없기 때문에 나는 돈이 가진 힘이 얼마나 대단한지 모른다.

그래서 이제는 느껴보려고 한다.

어느 시대로 가든, 어떤 상황이 오든. 그저 돈을 위한다면, 충분히 원하는 것을 가질 수 있을 것이다.

드륵!

룰렛을 돌려 처음 나온 숫자는 1970이었다.

"1970년?"

머릿속에 빠르게 1970년에 일어났던 일들이 스쳐 지나갔다. 향상된 능력치와 도서관에서 미친 듯이 읽었던 책들 덕분이었다.

"70년이면, 한국으로 갈 경우에는 박정희 대통령 시절인가. 한창 경제 개발 얘기가 나오고 있던 시절이겠네."

박정희를 떠올리자 그 뒤로 역대 대통령들이 쭉 떠올랐다. 최규하, 전두환, 노태우까지.

평가하는 사람들의 생각은 각기 다르겠지만, 적어도 내게 있어서 그 시기는 대한민국 격동의 시기. 혹은 빛과 그림자가 극명하게 갈리는 역사였다.

"물론 꼭 여행의 장소가 한국이란 보장은 없으니까."

첫 번째 여행은 조선시대, 두 번째는 프랑스. 세 번째와 네 번째는 미국이었다.

다시 말해서 어느 나라로 가게 될지는 뚜껑을 열어보지 않는 한은 알 수 없는 것이다.

'그래도 이름도 들어보지 못한 오지는 아니었으면, 좋겠는데. 아프리카나 그런 곳으로 가버리면, 으음.'

하지만 내가 이런 생각을 하든 말든 룰렛은 멈추지 않고 계속 돌아갔다.

드륵!

"12……."

두 번째 판이 가리킨 숫자는 12였다.

침을 삼킬 사이도 없이 세 번째 판이 연속해서 돌아갔다.

"09."

마지막으로 나온 숫자는 0과 9.

따라서 룰렛을 돌려 나온 숫자는 1970년 12월 09일이었다.

"좋아, 가보자."

[당신이 방문할 세계의 시간이 설정되었습니다.]

[그럼, 좋은 여행되시길.]

번쩍!

눈앞의 빛과 보이던 풍경이 순식간에 암흑으로 물들었다. 하지만 그도 잠시, 이내 몇 번이고 봤던 모습이 곧 눈앞에 모습을 나타냈다.

"정산의 방?"

놀랍게도 눈앞에 나타난 곳은 정산의 방이었다. 그리고 그 가운데에는 당연하다는 듯 머천트 준이 서 있었다.

"표정을 보니 많이 놀랐나 보네요?"

"왜 이곳으로 온 거지?"

"아, 혹시 설명이 없었던가요? 2LV부터는 여행 장소에 도착하기 전에 이곳에 들려 필요한 물건을 구입할 수 있어요. 약간의 배려라고나 할까요?"

'준비된 시간 여행자라는 말은 이런 뜻이었나.'

준비된, 말 그대로 여행을 떠나기 전에 준비할 수 있는 시간을 준다는 의미였다.

"아! 물론 어디까지나 포인트를 보유하고 있을 경우에만 해당 되지요. 그런데 지금 여행자님의 포인트는…… 헤에. 뭘 사기에는 어림도 없겠는데요?"

준의 말대로 현재 내가 가진 포인트 300 포인트. 최소 동기화의 물약을 사려고만 해도 200 포인트가 부족한 상황이었다.

"알고 있으면, 이제 그만 보내주지 그래?"

"에이. 그래도 여행자님과 제가 보통 사이가 아닌데.

이렇게 보내드릴 수는 없죠. 괜찮으시면, 제가 대출을 해드릴까요?"

"뭐?"

"뭘 그렇게 놀래요. 꼭 대출 없는 세상에서 살다 온 것처럼. 킥킥."

준이 키득거리며 어깨를 으쓱거렸다.

"지금 여행자님의 신용이라면, 1,000 포인트 정도는 대출해드릴 수 있을 것 같은데. 아! 물론, 이번 여행을 마치고 돌아오시면 저한테 1,500 포인트를 반납하셔야 하지만요. 만약 갚지 못하시면, 추가적으로 이자가 붙으니 명심하셔야 하고요."

"1,000 포인트를 대출하는데, 1,500 포인트를 갚으라고?"

이자가 무려 50%였다. 사기라고 해도 달리 할 말이 없는 수치였다.

"됐다. 대……."

"힘들걸요."

"뭐?"

"레벨이 상승한 만큼 상점에서 구입할 수 있는 물건의 리스트도 많아졌죠? 당연히 그 효과도 뛰어나고. 그런데 미션의 난이도라고 이전과 같을까요?"

"……."

"이전과 달리 시작하자마자 바보 같은 태도를 취하면, 죽을 수도 있다는 걸 명심해야 되요. 여행의 시간도 길어질 거고 이전에는 어설픈 동기화 수치로 넘어갈 수 있던 일도 제약이 걸리게 될 거에요. 당연한 얘기지만. 그렇게 되면, 포인트를 하나도 벌지 못하는 거죠. 아무것도 얻지 못하는 여행이 되는 것인데, 여행자님은 그래도 괜찮나요?"

걱정하는 척 말하고 있지만 준의 눈은 반짝거리고 있었다. 그 모습에 본능이 가슴속에서 말했다. 이건 위험하다고 말이다. 하지만 그렇다고 해서 본능에 따라 무작정 거부하기도 애매했다.

적어도 동기화의 물약 하나라도 있다면, 초반에 빠르게 기억을 얻어서 상황을 파악할 수 있기 때문이었다. 다른 건 몰라도 확실히 동기화의 물약은 구미가 당겼다.

"하지만 1,000 포인트를 대출한다고 해도 내가 구입할 만한 물건은 동기화의 물약 하나뿐인데. 고작 200 포인트를 위해서 그만한 손해를 볼 수는 없잖아. 동기화의 물약 효과가 중첩이 되는 것도 아니고 말이야."

"흐음. 그것도 그렇네요. 그럼, 이번에는 특별히 대출을 할 경우 이 물건을 800 포인트에 드릴게요. 어때요?"

〈진실의 동전〉
종류: 소모성
횟수: 0/5
설명: 상대방이 말이 진실인지 거짓인지 판단할 수 있는 동전.

사용 방법: 대상의 말을 듣고 동전을 튕깁니다. 앞면이 나오면 진실, 뒷면이 나오면 거짓입니다.

주의 사항: 해당 상품은 소모성으로, 소유자를 제외하고는 보이지 않습니다. 횟수를 모두 사용하면, 자동 소멸 됩니다.

/TP: ~~1,000~~ > (sale) 800/

"진실의 동전?"

소모성이기는 하지만, 상대방의 눈에 보이지 않는다면 확실히 여러 가지 용도로 사용할 수 있는 물건임은 확실했다.

이번 여행에서 사용하지 않는다고 해도 타임 포켓을 활용하면, 원래의 세계로 돌아와서 사용할 수 있으니까 말이다.

"어때요? 제법 괜찮은 물건이죠?"

"나쁘지는 않네."

구미가 당기기는 했다. 상대방의 말이 진실인지 거짓인지 알 수 있다면, 큰 도움이 될 게 분명했기 때문이다.

"좋아. 그럼, 그 동전과 동기화의 물약을 구입하기로 할게."

"잘 생각했어요!"

빙그레 웃는 준이 손가락을 튕겼다.

[머천트 준에게서 1,000 포인트를 대출 받으셨습니다.]

[다음 정산 시 1,500 포인트가 자동 차감됩니다.]

[300 포인트가 차감됐습니다. 현재 포인트는 0입니다.]

[동기화의 물약을 획득하셨습니다.]

[진실의 동전을 획득하셨습니다.]

연달아 메시지가 떠오르며, 동시에 내 손에는 동기화의 물약과 진실의 동전이 생겼다. 두 가지 물건은 곧장 타임 포켓에 넣었다.

"자, 거래는 이걸로 끝났고 더 할 말 있으신가요?"

고개를 흔들자 준이 고개를 끄덕였다.

"좋아요. 그럼, 거래는 이것으로 끝났고. 이번에는 한 가지 당부를 드리죠."

"당부?"

"이번 여행에서는 부디 저번처럼 바보 같은 짓 하지 마세요. 저번에는 처음이었기 때문에 가볍게 넘어간 것도 있고 정말 운이 좋은 케이스였어요. 하지만 한정훈 여행자는 이미 한 번 순리를 어겼기 때문에 다시 같은 행동을 벌인다면, 그에 대한 대가를 톡톡히 받게 될 거에요. 제 말이 무슨 뜻인지 이해가시죠?"

준은 내가 제임스 반이 되어서 사람들을 구했던 것을 지적하고 있었다. 원래는 죽었어야 할 사람, 하지만 나로 인해서 살아난 사람들.

입가에서 미소가 사라진 머천트 준이 말을 이었다.

"그러니까 앞으로의 여행에서는 조심해주세요. 이 준은 오랜만에 만난 여행자를 허무하게 잃는 아픔을 겪고 싶지 않거든요."

"명심하지. 이제 할 얘기는 다 끝난 것 같은데, 슬슬 여행지로 보내주지 그래?"

준이 나를 지그시 바라보다가 이내 다시금 입가에 미소를 지었다.

씨익.

"알겠습니다. 그럼 원하시는 대로 여행지로 보내드리죠. 아무쪼록 이번 여행에서 별다른 탈 없이 많은 포인트를 얻기 바라십니다. 그럼."

가볍게 허리를 숙여 인사를 건넨 준이 손을 앞으로 내밀었다.

딱!

또 다시 손가락이 튕기는 소리.

그와 함께 눈앞에 보이던 풍경이 어둠속으로 잠겨들었다.

TIME ROULETTE
타임룰렛

Chapter 30. 황금 그룹

눈앞을 가득 메우던 어둠은 그리 오래 가지 않았다. 감겨
진 눈을 통해 이내 빛이 들어오고 있다는 사실을 깨닫자 조
심스레 눈꺼풀을 움직였다.

"으음."

치켜 올린 눈꺼풀을 통해 들어온 주변의 사물은 전혀 생
각지 못한 것이었다.

"산?"

눈을 뜨자마자 들어온 것은 나무가 우거진 산이었다. 당
혹스러움에 숨을 들이마시자 상쾌하기 짝이 없는 공기가
가슴을 뒤흔들었다.

급히 주변을 둘러보니, 내가 있는 곳은 눈앞에 있는 산의

풍경을 한눈에 살펴볼 수 있는 고풍스러운 정자였다.

바로 코앞에는 김이 모락모락 나는 정체모를 검붉은 물이 찻잔에 담겨 있었다.

"여긴 대체…… 으윽."

상황을 미처 제대로 파악하기도 전에 예의 두통이 시작되었다. 이 두통은 매번 겪어도 도무지 익숙해지지가 않는다.

[지금부터 동기화를 진행합니다.]

[현재 진행된 동기화는 5%입니다.]

이전이었다면, 이 상태에서 자신의 이름이나 특별한 키워드가 있어야지 동기화를 높일 수 있었을 것이다.

하지만 지금의 나에게는 준에게서 구입한 동기화의 물약이 존재했다. 타임 포켓을 열어 동기화의 물약을 꺼냈다.

〈동기화의 물약〉

종류: 일회용

설명: 동기화로 고민하는 여행자를 위한 상품입니다. 물약을 복용하면, 여행자의 동기화를 즉시 10% 향상합니다.

주의 사항: 해당 물약은 중복해서 사용할 수 없습니다. 또한, 동기화가 30% 이상이면 아무런 효과를 볼 수 없습니다.

TP: 500

꿀꺽.

동기화의 물약을 단숨에 들이키자 그 효과는 곧바로 나타났다.

[동기화 수치가 대폭 상승하였습니다.]
[현재 동기화는 15%입니다.]

"으음."

동시에 머릿속을 가득 채우고 있던 안개가 사라지듯 가물가물하던 기억들이 연이어 떠올랐다.

이름 송지철.

현재 나이 28살.

5대 독자이며 미혼.

황금 그룹 회장.

아버지는 송무송.

사채 시장의 큰 손으로 별명은 황금손.

"……아버지는 일주일 전에 돌아가셨고, 현재는 사업을 인계 중이라. 그런데 황금 그룹이라는 곳도 있었나?"

룰렛을 돌리기 전에 돈에 대한 강한 욕망이 있기는 했지만, 설마 이번 대상이 재벌가의 자식이 될 줄은 몰랐다. 아니, 엄밀히 말하자면 일주일 전까지는 그랬지만 지금 신분은 황금 그룹의 회장이었다.

"룰렛이 내 마음에 반응한다는 건가?"

확실치는 않지만, 가능성이 아예 없는 것은 아니었다. 이전에 제임스 반이 되었을 때도 이와 비슷했기 때문이었다.

"일단은 기억부터 정리를 해볼까."

맑은 공기를 깊이 빨아들이고는 가만히 앉아 머릿속에 떠오르는 생각들을 정리했다.

확실히 5%의 동기화로 시작했을 때보다 수월하게 다양한 기억들이 떠올랐다. 예를 들면, 지금 내 품속에 있는 버튼 같은 것 말이다.

가슴 안쪽 주머니에 손을 집어넣자 마치 스마트키와 같이 빨간 버튼이 달린 스위치가 손에 잡혔다.

"평소에는 일정 거리에서 경호를 하다가 이걸 누르면, 모시러 온다는 거군."

삑.

엄지손가락을 이용해서 버튼을 누르자 작은 소리가 흘러나왔다. 그러기를 얼마가 지났을까?

부르릉.

곧 차량의 배기음이 들리더니, 검은색 세단 한 대가 정자 앞으로 올라와 대기했다.

덜컥.

세단의 보조석 문을 열고 내린 사람은 머리가 하얗게 샌 노인이었다.

송지철의 기억에 의하면, 노인의 이름은 안주철. 송지철의 아버지 때부터 그를 보필해 온 사람이었다. 이 몸의 주인인 송지철은 평소 그를 안 집사님이라고 불렀다.

"안⋯⋯ 집사님?"

"네, 회장님. 사색은 잘 하셨습니까?"

공손한 자세로 고개를 숙인 안 집사가 말을 건넸다. 평소라면, 회장님이라는 단어를 듣는 순간 몸부터 굳었을 것이다.

아니, 회장님이라니 이게 무슨 소리야하고 말이다.

하지만 이미 동기화가 15%를 달성했기 때문인지, 혹은 지금 내가 깃든 송지철의 몸이 최근 자주 들어오던 소리였기 때문인지 크게 어색함은 없다.

말투 또한 조금 어색하긴 하지만, 평소에 입에 붙은 대로 흘러나오고 있었다.

'그보다 여긴 사색을 위해 찾은 장소였군.'

어째서 이런 외딴 산의 정자를 찾았는지 이해가 되는 순간이었다.

'우선은 최대한 동기화를 높일 장소가 필요해.'

동기화를 높이기 위해서는 계속 이 몸이 원래 알고 있던 것을 만나고 습득하며, 자극을 주어야 한다. 한시가 급박한 상황에서야 그럴 여유가 없었지만, 아직 정확한 임무가 생기지 않은 시점에서는 조금의 여유가 있는 셈이었다.

'뭐, 지금 상황에서는 아무래도 집이 가장 적당하겠지.'

생각을 정하고는 안 집사를 향해 말했다.

"……조금 피곤하네요. 집으로 돌아갑시다."

"알겠습니다."

다시금 정중히 고개를 숙인 안 집사가 내 앞으로 다가오더니, 절도 있는 자세로 차문을 열어줬다.

"……."

열린 차문을 통해 차량에 탑승하려는 순간이었다. 뒤편의 좌석을 확인하고는 머리가 절로 멍해졌다.

나이는 이십대 후반?

검은색 긴 생머리에 화이트 셔츠.

그리고 제법 쌀쌀한 날씨임에도 허벅지까지 내려오는 미니스커트를 입은 여성이 뒤쪽의 좌석에서 날 바라보고 있었다.

외모 또한 지금이 1970년대임에도 불구하고 원래 내가 있던 세계의 여성들보다 오히려 '예쁘다'라고 말할 수 있을 정도였다.

더욱이 신기한 것은 그 여성을 보고 있자니, 가슴 한편이 설레면서 또 한편으로는 화가 난다는 것이다.

두근두근!

'무슨 이런 감정이 다 있어?'

여성이 시선을 나에게 마주치며 말했다.

"이렇게 갑자기 나타나서 죄송해요. 실례인줄 알지만, 회장님께서 최근 저를 피하시는 것 같아서 안 집사님에게 부탁을 드려 이렇게 왔어요."

'느낌이 이상하긴 하지만…… 첫 난관인가.'

아쉽게도 눈앞에 있는 여성에 대한 기억은 지금 내게 없었다.

슬며시 고개를 돌려 안 집사를 쳐다봤다. 안 집사가 송구한 표정과 함께 입을 열었다.

"회장님, 죄송합니다. 하지만 김 비서 역시 저와 마찬가지로 전대 회장님께 회장님을 부탁한다는 유지를 받은 사람입니다. 비록 그날의 잘못이 큰 실수이기는 하지만, 한 번만 봐주시기 바랍니다. 이 늙은이가 이렇게 부탁드립니다."

"아……."

김 비서라는 단어를 듣는 순간 떠올랐다. 지금 차량에 타고 있는 여성에 대한 정체 말이다. 그와 동시에 동기화 역시 소폭 향상되었다.

[동기화가 향상되었습니다.]
[현재 동기화는 17%입니다.]

김새미.

나이는 27살이며, 안 집사와 마찬가지로 전대 회장, 그러니까 이 몸의 아버지인 송무송을 모시던 가신이었다.

다만, 어떤 일을 처리하느라 잠시 자리를 비운 사이 사고가 났고 아버지 송무송은 그 자리에서 즉사.

이 몸의 주인인 송지철은 아버지가 돌아가신 이유가 김
새미가 제대로 회장님을 수행하지 않고 자리를 비웠기 때
문이라고 생각해서 원망을 하고 있었다.

[임무가 생성되었습니다.]

〈신뢰를 얻어라.〉
황금손이라 불리는 사채업자 송무송. 그는 황금 그룹을
세워 사업을 확장하며 활발한 활동을 보여 왔지만, 불의의
교통사고로 숨지며 자신의 모든 재산과 회장의 자리를 아
들 송지철에게 인계했습니다. 그러나 이십 년을 외국에서
지내고 최근 귀국한 송지철에게는 믿고 의지할 만한 사람
이 전혀 없습니다. 2주 동안 당신을 위해 목숨까지 내던질
수 있는 사람을 세 명 확보하세요.

[임무가 활성화됐습니다.]
[현재 남은 시간 288시간입니다.]

'288시간? 날 위해 목숨을 던질 수 있는 사람 세 명을 만
들라고?'
듣는 것만으로도 관자놀이가 지끈거렸다.
288시간이라면, 2주. 결코 짧은 시간이 아님은 분명하
다. 하지만, 그렇다고 해서 세 사람이 목숨까지 던질 만큼의

신뢰를 쌓기에는 턱 없이 부족한 시간임은 분명하다.

"회장님, 그렇게 밖에 계속 서 계실 생각이신가요?"

고개를 돌려 안 집사를 쳐다봤다. 안절부절 못하는 그 모습을 보니, 가슴속에서 치밀어 올랐던 화기가 가라앉음이 느껴졌다.

"일단 출발하죠."

차량에 탑승해서 시트에 몸을 기대고 앉으니, 이내 안 집사가 시동을 걸고 차를 출발시켰다.

10분 정도 지났을까?

한동안 입을 다물고 말없이 있던 김 비서가 조금은 격양된 목소리로 말했다.

"……제 잘못이었어요. 회장님께서 일을 맡기셨어도 거절했어야 했어요. 그랬다면, 그런 일이 벌어지지 않았겠죠."

"……?"

뭔가 이상한 기분이 들었다. 분명 지금 김 비서의 어투에는 나를 책망하는 기색이 역력했다.

'아니, 그 정도가 아니라 날 원망하고 있어. 송무송의 사고 말고도 뭔가 다른 이유가 있는 건가?'

자연스레 미간이 좁혀졌지만, 현재의 동기화 상태에서는 아무리 이유를 떠올리려고 해도 생각이 나지 않았다.

"지금에서야 말씀드리지만, 정치권에서 도련님이 해외에 계셨을 때 했던 약들을 문제 삼아서 회장님을 협박하셨어요. 자신들의 말을 듣지 않으면, 도련님을 체포한다고 했죠. 당연한 얘기지만, 회장님께서는 결코 도련님이 감옥에 가는 것을 원치 않으셨기 때문에 그들의 제안을 받아들이는 쪽을 선택하셨고 전 그걸 조율하기 위해 자리를 비웠던 겁니다."

"으음."

그러니까 뭐야. 간단히 정리하자면, 이 몸의 주인인 송지철이 해외에서 유학 도중에 마약을 했고 그 사실이 정치권의 귀에 들어갔다.

정치권은 그 사실을 빌미로 황금손이라 불리는 전 황금그룹 회장 송무송을 압박해서 돈을 뜯어내려 했던 것이다.

영화, 드라마에서 지겹게 나오는 전개.

그러나 현실에서 엄연히 벌어지고 있는 일들이었다.

"……쓰레기 같은 녀석."

"네?"

"아, 아니야. 그래서 김 비서는 아버지의 부탁으로 내 뒷수습을 하려 했던 것이고 그 타이밍에 사고가 났다?"

"……."

"미안."

움찔!

"뭐, 뭐라고요?"

지금까지 다소곳이 앉아 있던 김 비서가 처음으로 몸을 떨며, 나를 향해 고개를 돌렸다. 그녀의 표정에는 놀람과 더불어 당혹감이 서려 있었다.

'혹시 또 몰래 약이라도 한 거 아니야?'

그녀가 아는 송지철은 절대 누군가에게 사과를 하는 인물이 아니었다.

천상천하 유아독존.

하늘 아래 오로지 자신. 안하무인이라는 단어가 그 누구보다 잘 어울리는 사람이 바로 그녀가 아는 송지철이었다.

"내가 저지른 잘못을 다른 사람이 뒷수습해주는데, 정작 나는 어린애처럼 징징거리기만 하고. 미안하다는 말 밖에 할 말이 없네."

"진심이세요?"

"응. 진심이야."

"……알겠습니다."

잠시 나를 지그시 바라보던 김 비서가 고개를 작게 끄덕이고는 자세를 바로 했다.

스윽!

창밖으로 시선을 돌리자 바깥의 풍경이 보였다.

'1970년에는 이런 모습이었구나.'

하늘을 찌를 것 같은 빌딩도 보이지 않고 도심을 가득 채운 아파트도 없었다.

길가를 오가는 사람의 패션은 마치 TV에서나 보던 모습들이었다.

'그러고 보니 얘 패션은 그나마 낫네. 외국물을 먹어서

그런 건가? 그래도 그렇지 마약이라니, 그딴 것을 대체 왜 했던 거야?'

정치권에서 알아차리고 그룹의 회장을 협박할 정도였다면, 단순히 호기심으로 한두 번 한 것은 아닐 것이다. 의도적으로 구매를 했으니, 그 소식이 정치권에도 흘러 들어갔으리라.

물론 그 내막에는 황금손이라 불리는 아버지 송무송의 영향이 컸을 것이다. 만약, 일반인이었다면 마약을 하든 총을 쏘든 정치권이 개입할 리 없었다.

'황금손이라, 그 정도라 불릴 정도면 대체 재산이 얼마나 되는 거지? 100억? 1,000억?'

도무지 감히 잡히지가 않았다.

그렇다고 지금 이 자리에서 안 집사나 김 비서에게 지금 내 자산이 얼마냐고 묻는 것도 웃긴 일이었다.

'동기화가 올라가면 자연스럽게 떠오르겠지. 우선은 그보다 임무에 대한 실마리를 잡아야 하는데, 나를 위해 목숨을 던질 수 있을 정도의 신뢰라. 여기 있는 안 집사와 김 비서라면 가능할까?'

하지만 이내 고개가 절로 흔들어졌다.

'안 집사라면 몰라도 김 비서는 아니야. 하지만, 지금까지 상황을 보면 현재 내게 이 두 사람보다 믿을 만한 사람은 없을 테고, 그 말은 이 두 사람, 그리고 적어도 한 명은 나 스스로 신뢰를 쌓아야 한다는 말이네.'

소금물을 입에 머금은 것처럼 쓴맛이 느껴졌다. 신뢰를 쌓는 것은 어렵고 어려운 일이다. 사람을 구하고 사건을 해결하는 것보다 더욱 말이다.

"회장님, 도착했습니다."

안 집사의 말에 정신을 차리니, 어느덧 차량이 거대한 한옥집 앞에 멈춰 서 있었다.

덜컥.

열린 문을 통해 차에서 내리자 검은 정장을 입은 사내 두 명이 재빨리 다가와 허리를 90도로 숙였다.

"회장님, 오셨습니까!"

재빠르게 살펴보니, 척 보기에도 단단한 체구와 굳은 살 박힌 손이 보였다.

'경호원인가? 실력은 그 녀석들보다는 낮네.'

머릿속에 양손찬을 경호했던 보디가드들이 스쳐 지나갔다.

"회장님, 날이 추우니 어서 들어가시죠. 김 비서는 어떻게 할 건가?"

고개를 돌려 차안에 있는 김 비서를 쳐다봤다. 그녀의 시선이 날 향했다.

"……오늘은 이만 돌아가. 다음에 부르지."

김 비서와 말을 섞는다면, 모르긴 몰라도 빠르게 동기화를 올릴 수 있을지도 모른다.

적어도 지금 상황에서는 그녀가 안 집사보다 내게 도움이 되는 정보를 많이 알고 있을 것 같은 느낌이 들었기 때문이다.

하지만 자칫 실수라도 보이면, 그만큼 김 비서의 의심도 높아질 것이다. 다시 말해서 신뢰를 쌓기가 더 어려워질 수도 있다는 소리였다.

"알겠습니다."

"안 집사님은 김 비서를 집까지 데려다줘요."

"예? 하지만……."

"괜찮으니까 그렇게 하세요."

"알겠습니다. 회장님."

김 비서와 안 집사를 돌려보내고 경호원들의 안내를 받아 한옥의 대문을 열고 들어섰다.

"하……."

대문 안으로 들어서는 순간.

절로 감탄사가 흘러 나왔다.

'집 한번 엄청나네.'

대문을 열자 TV 속 재벌가의 대 저택에서나 볼 수 있던 경관이 눈앞에 펼쳐졌다.

얼핏 보기에도 수백 평은 될 것 같은 정원 곳곳에는 수백 년은 된 것 같은 소나무들이 심어져 있었으며, 중앙의 연못에는 팔뚝만 한 잉어들이 자유롭게 헤엄치고 있었다.

"편히 쉬십쇼. 회장님!"

길을 안내하던 경호원들이 멈춰 선 곳은 내실로 들어서는 입구까지였다. 그 입구의 앞에는 은빛 테두리가 빛나는 안경을 쓰고 있는 여성이 서 있었다.

"산책은 잘하고 오셨나요?"

나이는 40대 초반.

잘 묶어 올린 머리카락 사이로 보이는 그녀의 얼굴은 아름답다고는 할 수 없지만, 보는 것만으로도 마음이 포근해지는 그런 느낌이 있었다.

"아줌⋯⋯ 마?"

이름은 정확히 떠오르지 않는다.

하지만, 머리에서 생각하기 전에 본능적으로 입에서 흘러나오는 단어가 있었다. 아줌마라 불린 여성이 방긋 웃으며 고개를 끄덕였다.

"네, 회장님. 날씨가 찬데 어서 안으로 드세요."

아줌마라 부른 여성을 따라 집안으로 들어섰다. 그러자 집안 곳곳에 메이드 차림을 하고 있는 여성들이 보였다.

'다섯 명? 여섯 명? 얼굴로 뽑은 건가, 하나 같이 미모가 장난 아니네.'

물론 현대의 여성과 비교했을 때 세련된 모습은 없지만, 오히려 단아함은 훨씬 뛰어났다.

"배는 안 고프세요?"

"아직은⋯⋯."

꼬르륵.

대답을 하는 사이 배속에서 신호가 울려 퍼졌다.

"흠흠."

민망함에 헛기침을 내뱉자 아줌마가 웃으며 말했다.

"곧 식사 준비할게요. 올라가셔서 씻고 기다리세요."

"응? 아, 알았어."

대답을 함과 동시에 메이드 한 명이 재빨리 내 옆으로 다가왔다. 가슴의 명찰에는 문진희라는 이름이 적혀 있었다.

"회장님, 모시겠습니다."

메이드의 안내에 따라 방으로 들어서자 원목으로 이뤄진 고급 가구들의 모습이 보였다.

방 한쪽에는 레코드판이 벽면을 가득 채우고 있었다. 얼핏 보기에도 그 숫자는 수백 장이 넘어 보였다.

"회장님, 목욕물 받아 드릴까요?"

"아니, 아! 받아줘."

"알겠습니다. 그럼, 준비하겠습니다."

메이드가 고개를 숙이고 밖으로 나서자 침대의 끝에 걸터앉아 한숨을 쉬었다.

"역시 처음은 쉽지 않네."

송지철의 몸은 이런 대접을 받는 것이 익숙하겠지만, 그의 몸에 깃든 내 정신은 누가 옆에서 이렇게 시중을 들어주는 것이 처음이었다.

TV에서 볼 때는 그저 마냥 편하게 보였는데, 막상 경험해보니 꼭 그런 것만은 아닌 것 같았다.

"후우. 그보다 이거 방법을 바꿔서 접근을 해야겠는데."

이전의 여행.

그러니까 앞서 여행에서의 내 신분은 상대적으로 낮은 위치였다. 그러다 보니 일방적으로 내가 나 스스로에 대해 묻고 다니는 것이 보통이었다.

하지만 지금 이 집에서는 나보다 높은 위치를 가진 사람이 없다. 다시 말해서 내가 질문을 하지 않는다면, 반대로 내게 질문을 할 사람이 없다는 것이다.

하지만 반대로 내가 자리를 만들어 묻는다면, 날 아는 사람은 나에 대해 말할 수밖에 없다.

지금까지의 분위기를 볼 때 이 집의 흐름은 철저한 상명하복이기 때문이었다.

"그럼, 일단은 메이드를 불러서 질문을 하는 식으로 접근을 해볼까?"

똑똑.

생각을 정리할 무렵.

방문을 두들기는 소리가 들려왔다.

"들어와."

"회장님. 목욕물 준비 됐습니다."

메이드인 문진희가 안내한 곳은 화장실이 아닌 집 뒤쪽에 마련되어 있는 뜰로 향하는 문이었다.

드르륵!

문진희가 그 문을 열자 내 입에서는 절로 탄성이 터져

나왔다.

"허……."

설마 놀랄 것이 또 있느냐고 생각을 했는데, 아무래도 황금손이라 불린 이 몸의 아버지 송무송의 재력을 과소평가했나 보다.

"이건 뭐…… 그냥 온천이네."

집의 뒤뜰에는 목욕탕이라고 부르기에는 애매한, 야외 온천이 자리 잡고 있었다.

중앙에는 황금빛으로 빛나는 잉어 석상이 위치해 있었고, 그 입에서는 뜨거운 김이 나는 온수가 쉼 없이 흘러나와 뒤뜰의 거대한 탕을 채우고 있었다.

하지만 황당함의 끝은 이게 전부가 아니었다.

"이거 혼자 즐기기에는 너무 사치…… 응?"

사르륵!

뭔가가 흘러내린다는 소리도 잠시.

떨리는 톤의 목소리가 뒤에서 들려왔다.

"모, 모시겠습니다."

반사적으로 시선을 돌리는 순간 하얀 보름달 두 개가 눈에 선명하게 박혀 들어왔다.

"뭐, 뭐하는 거야!"

휙!

재빨리 시선을 돌렸지만, 머릿속에는 이미 하얀 보름달 두 개가 각인된 뒤였다.

"……제가 마음에 안 드시면, 다른 아이를 부를까요?"

"지금 그런 소리가 아니잖아."

"네?"

당황스러운 것은 나였지만, 황당하다는 식의 반응은 오히려 메이드인 문진희에게서 흘러 나왔다.

'제길. 대체 이 자식은 어떻게 살아 온 거야? 아니, 1970년 대 부자는 다 이랬나?'

70년대의 대한민국이 혼란과 격동의 시기라는 것은 익히 들어 알고 있었다.

말 한 번 잘못하는 것으로 쥐도 새도 모르게 죽는 시대가 바로 지금의 시기였다.

지금의 대통령.

아니, 앞으로도 10년은 더 대통령 자리에 있을 인물은 그렇게 대한민국을 이끌었으니까 말이다.

"일단은 옷부터 입어."

"하지만……."

"입어."

마음에 들지 않지만, 지금은 강력하게 명령을 하는 수밖에 없다. 효과는 즉시 나타났다. 미적거리던 메이드가 재빨리 벗은 옷을 입었다.

"후우."

옷을 입은 모습을 확인하고는 자리에 앉아 신고 있던 양말을 벗어 한쪽으로 집어 던졌다.

스윽!

조심스레 발을 물에 집어넣으니, 쌀쌀한 날씨를 잊게 만드는 따듯한 온기가 몸을 감쌌다.

"문진희라고 했지?"

"네? 아, 네."

"자네도 이리 옆에 앉아."

"그럼, 옷을 다시……."

"옷 얘기는 꺼내지 말고 그냥 앉아."

"……알겠습니다."

이번에도 명령적으로 말하자 문진희가 즉각 반응을 보이고는 자리에 앉았다. 하지만 어디까지 그게 다였다.

"추울 텐데 발도 담그지 그래?"

"하지만…… 알겠습니다."

앞선 경험이 있기 때문일까?

거절하려던 문진희가 신고 있던 스타킹을 조심스럽게 벗더니 발을 물속에 집어넣었다.

"아……. 죄, 죄송합니다."

따듯한 온기에 자신도 모르게 나지막한 신음을 흘리던, 그녀가 이내 고개를 숙이고는 사과를 건넸다.

그 모습이 귀여워 나도 모르게 입가를 비집고 실소가 흘러 나왔다.

"풋."

"……?"

"아, 미안. 그보다 내가 몇 가지 묻고 싶은 게 있는 데 대답해줄 수 있겠어?"

"제가 아는 것이라면, 대답하겠습니다."

그녀에게서 곧장 대답이 흘러 나왔다.

역시 내 예상대로였다. 이 집안사람들의 관계는 철저하게 상명하복이다.

"좋아, 그럼 나에서 대해서 아는 걸 모두 말해봐. 남김없이 전부."

"네?"

"그러니까 그쪽이 나에 대해 알고 있는 정보라든지, 또는 소문이라든지 그런 것 전부 말이야."

당황하는 그녀를 보며, 씩 미소를 지었다.

지금부터는 철저하게 동기화를 향상시킬 시간이다.

Chapter 31. 음모

취월루.

수원에 위치한 곳으로 문을 열면 광교산이 한 눈에 보이고 뒤로는 골짜기를 따라 개울이 흐르는 명소다.

풍수지리학적으로 쇄한 기운을 북돋아 준다는 지리적 이점을 내세워, 수년 전부터 정재계의 인사들이 회동 장소로 이용해 오고 있다.

그리고 오늘도 정재계의 거물들은 이 취월루를 찾았다. 쇄한 기운을 보충하기 위해서? 그러기에는 취월루에서 뿜어져 나오는 웃음소리가 커도 너무 컸다.

족히 서른 명은 앉을 수 있는 자리와 상.

또 상 위에는 그 이름조차 생소한 갖가지 진귀한 음식과 다양한 술이 자리를 채우고 있었다.

그러나 이리 넓은 자리에도 불구하고 자리를 채운 사람은 사내가 8명, 그 옆에서 곱게 한복을 입고 시중을 드는 여성들이 전부였다.

"하하! 그래, 그 늙은이가 결국 그렇게 갔단 말이죠?"

자리의 가장 상석.

목을 죄고 있던 넥타이를 풀어 넘기며, 이마가 훤히 들어난 사내가 웃으며 입을 열었다.

그의 이름은 이정락.

현 중앙정보부 부장으로 현 정권의 실세 중의 실세이자 대통령의 오른팔이라 불리는 사내였다.

"인명은 제천이라고 갈 때가 됐으니, 간 거 아니겠습니까? 하하!"

이정락의 질문에 재빨리 대답을 하고 나선 인물은 자리의 중간에 앉은 서울 지검장 안홍복이었다.

안홍복이 자신의 앞에 놓인 시바스 리갈을 들고 자리에서 일어나 이정락의 곁으로 다가가며, 말을 이었다.

"그런데 영감님. 들리는 얘기에 의하면 그쪽에서 이번 사건이 좀 이상하다고 생각해서 사람을 풀어 조사를 하는 모양입니다."

"뭐?"

"아, 물론 조사를 한다고 해서 나올 것은 없지만 말입니다. 그렇지 않나?"

안홍복의 시선이 자리의 끝으로 향했다.

그곳에는 현 치안감인 박문석이 있었다. 이정락의 시선이 자신에게로 향하자 옆에 앉은 여성에게서 안주를 받아먹던 그가 재빨리 입에 있던 것을 삼키고는 고개를 힘차게 끄덕였다.

"어유, 그럼요. 지들이 조사를 해봐야 뭘 알겠습니까? 깡패 나부랭이들이나 시켜서 들쑤시고 다니는가 본데. 눈에 보이면, 다 때려잡아 넣겠습니다. 그러니 아무런 걱정하지 마시기 바랍니다."

"이 사람이 말을 이상하게 하는군. 내가 걱정을 왜 하겠나? 나는 지은 죄가 없는데."

"그, 그렇지요. 어이쿠, 너희들 뭐하나! 영감님, 술잔 비어 있는 거 안 보이나!"

"아무래도 아가들 얼굴이 이래서 분위기가 좀 그런 것 같은데. 제가 마담 불러서 한소리 하겠습니다."

뒤이어 말을 받은 것은 박문석의 맞은편에 앉아 있는 황문대였다. 그는 최근 정부에서 추진하는 사업권을 받아서 큰 이문을 남긴 기업인이었다.

"아, 술은 천천히 먹지. 조금 있다가 각하를 뵈러 청와대에 들어가야 돼서 말이야. 그보다 내가 오늘 이렇게 여러분을 모은 것은 한 가지를 묻기 위해서야."

이정락의 말이 끝나자 순식간에 분위기가 가라앉았다. 동시에 지검장 안홍복이 옆에 앉은 여성들을 향해 눈치를 보냈다. 그러자 여성들이 슬며시 자리에서 일어나더니, 방 안을 벗어났다.

"영감님, 편히 말씀하시죠."

"고맙네. 다른 게 아니고 말이야."

이정락의 시선이 다시금 주변을 훑는다.

그리고는 씩 미소를 짓더니 말했다.

"왜 물건을 회수했다는 소식이 없나? 황금손이 가지고 있을 거라고 말하던 그 살생부 말이야."

살생부라는 단어가 흘러나오자 좌중에 모인 사람들의 시선이 슬그머니 아래로 향하며, 이정락과 눈을 마주치기를 피했다.

"하! 여기 사람들이 다 어디 갔나? 갑자기 아주 조용해졌구만."

"저기 영감님. 그 살생부라는 게 진짜 있긴 있는 겁니까?"

조심스레 말을 꺼낸 것은 치안감 박문석이었다.

박문석이 주변의 눈치를 보며 말을 이어나갔다.

"그게 살생부가 있을 거라는 말은 많았지만, 실세로 그 실체를 본 사람은 없지 않습니까?"

"그래서 없을 거다?"

"아니 그게 제 말은 그러니까……."

"쯧쯧. 자네가 그 정도 밖에 생각을 못하니까, 고작 그 자리에서 올라가지를 못하는 거야. 나나 각하가 그리 밀어주면 뭐하나."

"소, 송구합니다."

"설마 여기 있는 다른 사람들도 저 사람과 같은 생각을 하는 건 아니겠지? 그렇다면, 아주 실망이야."

꿀꺽!

침 넘어가는 소리가 연달아 방안에 울려 퍼졌다.

탁!

이정락이 상을 가볍게 두드리며 말했다.

"솔직히 말해서 이 자리에서 황금손 그 양반한테 돈 한 번 안 받은 인간이 있나? 아니, 정치 한다는 놈 치고는 아마 대부분 먹었을 거야. 그런데 그놈이 자선사업가도 아니고 우릴 뭘 믿고 그만한 돈을 줬을까? 어이, 황문대. 너 내가 각하를 위해 10억 내놓으라고 하면 내놓을 거야?"

"물론입니다. 10억이 아니라……."

"장부 안 만들고?"

"네?"

"머리에 총구멍 나기 싫으면, 제대로 말해. 장부 안 만들고 10억 토해 낼 거야?"

"……."

황문대의 이마에 순식간에 굵은 땀방울이 맺혔다.

쿵!

그가 그대로 이마를 상에 박으며 말했다.

"죽을죄를 졌습니다."

"됐어. 어차피 자네가 아니라 여기 있는 사람들 모두 그러했을 테니까. 머리 들어."

손사래를 친 이정락이 말을 이었다.

"한배를 타고 가고 있는 동지도 이럴 지언데, 황금손 그
자는 이 뱃속에 능구렁이 100마리쯤은 가진 늙은이였지.
그런 자가 장부도 안 만들고 그 큰돈을 이리저리 줬을 것
같나?"

이정락이 자신의 앞에 놓인 술잔을 들어 목을 축였다.

"크으. 이제 세상이 옛날과 달라졌어. 빨갱이라 몰아붙
이기도 쉽지 않고 뭐만 하려고 하면 저놈의 국민들이 지랄
을 떨어댄단 말이야. 덕분에 각하께서 진행하려고 하는 일
들에 이만저만 문제가 생기는 게 아니야. 이럴 때일수록 우
리 같은 사람들이 그런 각하의 무거운 짐을 덜어줘야 한단
말이야. 안 그러나?"

"지, 지당하신 말씀이십니다!"

"그래, 그리고 그러기 위해서 황금손 그자가 가지고 있
던 장부, 살생부가 필요한 거야. 내 말 무슨 말인지들 알겠
나?"

이정락의 말이 끝나자 방안에 모여 있던 사람들이 앞 다
투어 대답했다.

"무, 물론입니다."

"명심하겠습니다."

"하모요."

그제야 이정락이 굳은 얼굴을 펴고 만족스러운 표정을

지었다.

"그럼, 나는 이만 일이 있어서 뒷일은 자네들만 믿고 가 보겠네. 잘들 노시고 들어가시게나."

드륵!

이정락이 자리에서 일어서자 덩달아 남은 7명도 재빨리 몸을 일으켰다.

"살펴 가십쇼."

"영감님, 조심히 가십쇼."

됐다는 듯 이정락이 손사래를 치고 방안을 벗어났다. 그럼에도 방안의 사람들은 한동안 그대로 서 있었다.

"이제 됐으니, 다들 자리에 앉지."

어색한 상황을 정리한 것은 지검장 안홍복이었다. 그러자 곳곳에서 한숨과 함께 굳은 목을 풀며 자리에 앉았다.

"후우. 긴장해서 혼났수다."

"왜 아니겠습니까? 자칫하면 저밖에 대기하는 친구들한테 잡혀 남산으로 끌려 갈 텐데. 하하!"

박문석과 황문대가 웃으며, 서로 대화를 나눴다. 그 모습을 바라보던 안홍복이 혀를 차며 말했다.

"쯧, 지금 그렇게 웃을 때가 아닙니다. 모르겠어요? 영감님께서는 지금 우리한테 통보를 하고 간 겁니다. 통보요!"

"네?"

"황금손이 가졌던 그 살생부를 찾아오라 이 말입니다."

"아니. 황금손도 죽어버린 마당에 그게 어디 있는 줄 알고 찾는단 말입니까?"

황문대가 고개를 갸웃거리자 안홍복이 인상을 썼다.

"그래도 찾아야지. 없다면, 만들기라도 하고. 아니면, 우리 목이 달아날 수도 있는 일인데."

"설마 그렇게까지 하시겠습니까? 그동안 저희가 도운 일이 얼마나 많은데."

박문석이 설마라는 표정을 짓자 안홍복이 고개를 흔들었다.

"한심한 사람. 자네 말대로 우리가 제때 도움을 드리니 데리고 있는 거지. 그렇지 않으면 같이 배를 타고 가겠나? 오히려 여러 비밀을 알고 있는 우리가 부담만 될 것이네. 그럼, 그 다음 수순은 당연히 하나 아니겠나?"

뒷말은 듣지 않아도 충분히 상상가능한 말이었다.

"으음……."

박문석이 침통 섞인 신음을 흘렸다.

"방법이 아예 없는 것은 아닙니다."

잔잔한 목소리가 귓속을 파고들었다. 지금까지 말없이 묵묵히 얘기를 듣고 있던 국회의원 최진태였다. 그는 이 모임에 가장 마지막으로 들어온 사람이었다.

"최 의원, 무슨 방도가 있소?"

"듣기로 황금손에게는 아들이 하나 있다지요. 해외에서 유학을 하다 왔는데, 잘못하여 약에 손을 대는 바람에 자칫 감옥에 갈 뻔 했던 것을 지검장님께서 힘써준 걸로 알고 있습니다."

"크흠."

안홍복이 불쾌하다는 표정을 지었다. 하지만, 이 자리에서 알 만한 사람은 아는 얘기이기도 했다.

"사실이오. 황금손이 살아생전 그의 비서가 찾아와 일을 부탁하더이다. 뭐, 어려운 일도 아니어서 도움 좀 줬소이다."

"최근 강남 쪽에 꽤 많은 땅을 사셨더군요."

"이봐! 최 의원, 자네 지금 뭔 소리를 하는 거야?"

안홍복이 역정을 토하자 최진태가 고개를 저었다.

"지검장님을 흉보자고 하는 것이 아닙니다. 다만, 황금손이 생전에 지검장님과 그리 친한 사이는 아니지 않았습니까?"

"뭐, 그렇긴 하지."

"그런데도 부탁을 했다는 것은 그만큼 아들이 소중하다는 얘기가 아니겠습니까?"

"그러고 보니 그 아들놈이 4대 독자인가 5대 독자인가 그렇다고 하더이다. 뭐, 듣자하니 외국에서 오래 있다가 와서 싸가지는 좀 없는 모양이더군."

옆에 있던 박문석이 한 마디 거들었다.

"그래서 최 의원이 하고자 하는 말이 뭐요?"

"만약 제가 황금손이라면, 본인이 죽고 그 많은 재산을 물려받은 아들을 지키기 위한 수단으로 뭔가 대비책을 만들어 놨지 않았을까 라는 생각이 듭니다. 온갖 들개와 승냥이들이 넘치는 세상이지 않습니까?"

"그러니까 뭐야. 최 의원의 그 말은?"

싱긋!

최진태가 웃으며 좌중을 둘러봤다.

"살생부. 대한민국의 내로라하는 인물들의 비리가 기록되어 있는 그 장부라면, 그 누가 쉽게 건들 수 있겠습니까? 설령 정신이 살짝 나간 놈이 건들려고 해도 그 반대쪽 세력이 그냥 보고 있지는 않겠죠. 누구 손에 들어가든 폭탄이되는 무기니까요."

"결국, 자네 말은 황금손이 그 장부를 아들에게 줬을 거다? 그러니 그 아들놈을 족쳐보자?"

"이미 한 번 약을 했던 놈이고 소문에 의하면 여자를 그렇게 좋아한다고 하니, 어렵지는 않을 겁니다. 제가 요새 잘 나가는 연예인들로 준비해볼까요?"

황문대가 턱을 쓰다듬으며 말했다. 하지만 그럼에도 안홍복은 뭔가 석연치 않은 표정이었다.

"황금손 그 늙은이가 어떤 늙은이인데, 아무리 아들을 아낀다고 정말 그 살생부를 넘겼을까? 오히려 아들놈이 그걸 잘못 사용하면, 위험을 자초할 수도 있는 노릇인데."

"아니어도 상관없습니다."

"그건 또 무슨 소린가?"

"그 아들을 구워삶아 황금 그룹의 재산을 취할 수만 있다면, 설령 살생부를 구하지 못했다 하더라도 영감님께서 저희를 버리려고 하시지는 않으실 겁니다. 요새 나라 살림이 영 신통치 못하다고 하니까요."

"살생부를 구하지 못하더라도 황금손의 재산으로 각하의 환심을 산다? 으음. 그래, 그거라면 일이 실패해도 우리가 살아날 길은 충분하겠구만. 나쁘지 않아."

머릿속으로 주판을 튕겨본 안홍복이 그제야 얼굴 만면에 환한 미소를 지었다.

"좋아, 최 의원! 이번 일은 자네가 주도해서 한번 진행해보게. 여기 있는 우리가 아끼지 않고 지원을 할 테니."

"절대 여기 계신 분들을 실망시켜드리지 않겠습니다."

최진태가 공손히 고개를 숙였다. 그 모습에 분위기를 보던 황문대가 몸을 슥 낮추며 말했다.

"그럼, 이제 그 얘기는 어느 정도 마무리 된 것 같으니 본격적으로 놀아볼까요?"

안홍복은 물론 다른 이들 또한 얼굴 만면에 미소를 짓고는 고개를 끄덕였다. 그러자 기다렸다는 듯 황문대가 목청을 높여 소리쳤다.

"어이, 아가들아 뭐하고 있노! 들어와 어르신들 힘 좀 나게 해드리지 않고!"

문진희를 통해 정리된 송진철에 대한 평가는 한 마디로
정의할 수 있었다.

　　쓰레기.

　　그것도 일반 쓰레기가 아니라 재활용 불가능한 폐기물
수준의 쓰레기였다.

　　"그러니까 집안에 있는 메이드들은 내가 아버지한테 요
청해서 들인 거라고?"

　　"네, 미국에서는 모두 이렇게 하신다고."

　　"게다가 모르긴 몰라도 다른 메이들과는 내가 잠…… 아
무튼, 그런 관계다?"

　　얼굴이 붉게 달아오른 문진희가 고개를 끄덕이며 말을
이었다.

　　"저는 이제 들어온 지 얼마 되지 않아서 모르지만, 선배
들의 말에 의하면 그랬어요. 집사장님께서도 혹시 회장님
께서 손을 내밀면 거절하지 말고 순응하라고 말씀하셨고
요."

　　그녀가 말하는 집사장이란, 내가 조금 전에 대문 앞에서
아줌마라고 불렀던 한윤화라는 여성이었다.

　　"미치겠군."

　　1970년대라고 해도 내가 살던 세계와 비교하면 불과 40
년 전이다. 그러나 벌어지는 일은 수백 년 전의 조선시대와

다른 게 없었다.

"그런데 회장님, 정말 이런 게 기억 안 나시는 건가요?"

"……기억이 안 난다기 보다는 머리가 조금 혼란스러워서 말이야. 아버지가 돌아가시고 한동안 충격이 컸거든."

"아……."

작은 탄성을 토해낸 문진희가 이해한다는 듯 고개를 끄덕였다.

"하긴 저도 어머니가 돌아가시고 한동안 그랬던 적이 있어요."

"그리고 한 가지 더 궁금한 게 있는데 말이야."

"네! 말씀하세요."

"내가 가진 재…… 아니, 안 집사님과 김 비서 그리고 집사장에 대해서 어떻게 생각해?"

직접적으로 재산에 대해 물어볼까도 했지만, 겨우 메이드인 문진희가 그러한 것까지 알 리가 없었다.

하지만 전 회장의 측근으로 집안에 자주 드나들었던 세 사람이라면 나름대로 아는 것이 있을 것이다.

"음. 안 집사님은 굉장히 고리타분하시지만, 그래도 마음이 따뜻한 분이세요."

"마음이 따뜻하다?"

"네, 마치 옆집 할아버지 같아요. 간혹 밖에 나갔다 오시면 간식 같은 것도 사다 주시거든요. 그러면서, 항상 회장님께 누가 되면 안 된다고 잔소리를 하시지만 저도 그렇고 선배들도 모두 좋아하세요. 다만 요새는 건강이 조금 안 좋아지셨는지 기침을 자주하세요."

'건강 검진 같은 걸 받게 하면 신뢰를 쌓을 발판을 만들수 있겠는데?'

어른들의 말에 따르면 나이가 많아지기 시작하면 사소한것에도 감동을 받고 눈물이 많아진다고 했다.

또한 송지철의 아버지를 옆에서 모신 측근이니, 갑자기건강 검진을 제안해도 이상하게 생각할 사람은 없을 것이다.

"안 집사님 가족은 없나?"

"잘은 모르지만, 전 회장님의 도움으로 자식들은 캐나다에 가서 사신다고 들었어요."

"가족들에 대한 그리움도 있을 테니, 휴가를 줘서 보고오게 하는 것도 좋겠네. 아니면, 가족들을 잠깐 귀국시켜서만나게 하는 것도 괜찮을 것 같고."

"네?"

"아니야. 그냥 혼잣말."

빙긋 웃으며 고개를 흔들었다. 그리고 그와 동시에 익숙한 메시지 창이 떠올랐다.

[동기화가 향상되었습니다.]
[현재 동기화는 24%입니다.]

문진희와의 대화를 통해 대폭적인 수치는 아니지만, 동기화는 꾸준히 상승하고 있었다.

　"다음으로 김 비서는 어때?"

　"김 비서님은 음…… 부러워요."

　"어?"

　"외모도 아름다우시고 대학교도 해외의 유명 학교를 나오셨잖아요. 그래서 나이도 어리신데 회장님을 옆에서 모시셨고 매사에 항당 당당하신 것도 멋져요."

　김 비서에 대해 말하는 문진희의 얼굴에 동경의 빛이 떠올랐다.

　'하긴 내가 보기에도 그녀는 꽤 매력적이었으니까.'

　40년 이후의 시대를 살다 온 내가 보기에도 그녀는 현대의 어느 여성 못지않은 당당함과 세련됨을 갖추고 있었다. 이는 그녀만의 타고난 색일 것이다.

　"……저 회장님, 이런 말씀을 해도 되는 건지 모르겠지만. 전대 회장님께서 김 비서님을 회장님의 짝으로 생각하셨던 것은 기억나세요?"

　"김 비서를? 나랑?"

　설마 그녀가 내 결혼 상대였단 말인가?

　'그래서 그녀를 봤을 때 설렘이 느껴졌던 것인가?'

　문진희가 고개를 끄덕이며 말을 이었다.

　"네, 하지만 선배들 말로는 회장님께서 사고를 치셔서 무산됐다고 들었어요."

"그거 자세히 말해봐."

"그게 그러니까⋯⋯."

잠시 망설이던 그녀가 조심스레 말문을 열었다.

그녀의 말에 의하면, 전 회장 그러니까 아버지 송무송은 김 비서를 송지철의 결혼상대로 생각했다고 한다.

부모님이 안 계시기는 했지만, 홀로 노력해서 해외 유명 대학교를 졸업했고 또 자신이 옆에서 지켜본 바 그 당찬 성격과 인성이 송무송의 마음에 쏙 들었기 때문이다.

또한, 어지간한 남자들은 그녀의 앞에서 제대로 기조차 펴지 못했으니 항상 사고만 치고 다니는 송지철을 옆에서 잘 잡아줄 수 있을 것이라고 생각했다고 한다.

돈? 그런 것은 아무런 상관없었다.

설령 엄청난 빚이 있다고 해도 단숨에 해결해 줄 만큼의 자산이 송무송에게는 있었기 때문이다.

그 때문에 그는 김 비서를 본격적으로 송지철의 짝으로 삼아 엇나가고 있는 아들을 바로 잡으려 했다고 한다. 결혼을 하면 철이 들겠지 라는 어른들의 흔한 생각으로 말이다.

하지만 송지철의 성격은 아버지 송무송이 생각하는 것 이상이었다. 자신과 김 비서를 결혼시키려는 것을 사전에 알게 된 송지철이 여자들과 뒹구는 호텔 방으로 그녀를 불렀던 것이다.

여기까지가 문진희가 소문으로 들어 알고 있는 내용의 전부였다.

"내 생각보다 더 쓰레기 같은 자식이네."

"네?"

"아니야. 그런데 그런 짓을 벌이고도 김 비서는 왜 떠나지 않은 거야? 보통이라면, 뒤도 안 돌아보고 일을 그만 뒀을 것 같은데."

"전대 회장님께서 잡으셨다고 들었어요. 그리고 도련님, 아! 그러니까 회장님은 엄청 혼이 나셨다고 들었고요."

나였다면, 혼을 내는 정도가 아니라 아예 호적에서 파 버렸을 것이다. 하지만 어찌됐든 이것으로 한 가지 사실은 분명해졌다.

'그런 일이 있었다면, 김 비서의 마음을 푸는 건 쉽지 않겠어. 너무 성급하게 접근했다가는 오히려 역효과가 될 수도 있을 것 같고. 김 비서는 일단 보류.'

원하는 만큼은 아니지만, 그래도 꽤 유용한 정보를 얻었다. 그리고 그 사실은 동기화의 수치로 나타났다.

[동기화가 향상되었습니다.]
[현재 동기화는 27%입니다.]

'마지막 남은 사람은 집사장인 한윤화인가?'

이상하게도 보자마자 친근함이 느껴지는 인물. 자연스레 아줌마라는 호칭이 먼저 흘러나왔던 사람이었다. 그 말은 송지철이 그녀에게 상당한 호감을 가지고 있다는 말이었다.

"한 가지만 더 물어볼게. 집사장인 한윤화 그녀는 어떤 사람이야?"

"……."

여태까지 잘 대답하던 문진희가 입을 다물고 고민 어린 표정을 보였다.

"왜 그래?"

"저기 그러니까 그게 집사장님은……."

저벅저벅!

문진희가 막 말을 이어나가려던 찰나였다. 뒤쪽으로 발걸음 소리가 들려왔다. 고개를 돌려보니, 어느새 집사장 한윤화가 미소를 머금은 채 서 있었다.

"목욕을 하시는 줄 알았는데, 발만 담그고 계셨어요? 혹시 이 아이가 무슨 실수라도 했나요?"

한윤화의 시선이 문진희에게로 향했다.

그러자 문진희가 몸을 가늘게 떨며, 고개를 푹 숙였다. 물론 찰나의 순간이긴 했지만, 생사가 오가는 사고현장에서 숱한 시간을 보낸 내가 놓칠 정도는 아니었다.

'두려움, 그것도 본능적으로 오는 두려움인데. 아무리 자기보다 상사라고 해도 이 정도로 두려움을 느끼는 것은 조금 이상한데?'

내가 알지 못하는 무언가가 있는 게 분명했다.

"아니, 아무런 실수도 없었어. 그보다 식사 준비는 다 된 거야?"

"그럼요. 지금 바로 드시겠어요?"

고개를 끄덕이고는 물에 담군 발을 빼내고 자리에서 일어나려 하니, 좀 전에 벗어둔 양말이 보였다. 허리를 굽혀 그 양말을 주우려 하자 새하얀 손이 앞으로 튀어 나와 앞을 가로막았다.

한윤화, 그녀의 손이었다.

"뭐하시는 거예요? 그걸 왜 회장님께서 직접 주워요. 너, 뭐하고 있는 거니?"

한윤화의 시선이 다시금 문진희에게로 향했다. 깜짝 놀란 그녀가 재빨리 내가 벗어둔 양말과 자신의 스타킹을 챙겨 들었다.

"아, 배고프다. 빨리 가지."

괜스레 멋쩍음에 배를 만지며 너스레를 떨었다. 그러자 레이저를 쏘는 것 같은 눈빛을 거둔 한윤화가 다시 미소를 지으며 앞서 걸음을 옮겼다.

한옥의 1층, 식당.

"……저기 혹시나 해서 묻는 건데, 집에 누가 오기로 했나?"

질문은 당연할 수밖에 없었다.

족히 열 명은 앉을 수 있는 식탁에 빈곳이라고는 없을 정도로 음식이 가득 했기 때문이다. 뿐만, 아니라 양 옆에는 조리장으로 보이는 여성이 공손한 자세로 서 있었다.

'그나저나 요리사도 여자야? 내가 과민 반응하는 게 아니라면, 이 새끼는 정말……'

이쯤 되면, 송지철에게 여성 편력이 있던 것은 아닐까라는 의심이 들 정도였다.

"요새 바깥 날씨가 좀 춥잖아요. 그래서 신경 써서 좀 준비해봤어요. 민 주방장은 이제 나가 있어요."

한윤화의 말이 끝나자 민 주방장이라고 불린 조리장이 고개를 숙이고는 걸음을 옮겼다.

"제주도에서 공수해온 전복이에요. 한 번 드셔보세요."

상의 중간쯤에 위치해 있던 접시에서 전복을 젓가락으로 집은 한윤화가 내 앞에 놓인 앞 접시에 놓아줬다.

고개를 끄덕이며, 전복을 입으로 가져간 순간 생전 처음 느낀 단맛이 입 안 가득 퍼졌다.

'전복이 원래 이렇게 달았나?'

전복이 꽤 고급스러운 음식이기는 하지만, 그렇다고 한 번도 먹어보지 않은 음식은 아니었다.

간혹 횟집을 가면, 서비스로 내어주는 음식이기도 하니까 말이다.

하지만 분명한 건 지금 내가 먹은 전복의 점수가 10이라면, 이전에 먹은 전복들의 점수는 1조차 주기가 아까울 정도라는 것이다.

"이건 산삼무침이에요. 조금 쓸 수도 있지만, 몸에 좋은 거니 드셔야 해요."

"어?"

잠깐, 뭘 지금 뭘 무쳐? 산삼? 더덕이나 도라지를 무침이나 구이로 해서 먹어는 봤지만 세상에 산삼 무침이라니.

스윽!

이번에도 한윤화가 앞 접시에 놓아둔 산삼 무침을 젓가락으로 집어 입으로 가져갔다.

아삭아삭!

그녀는 쓰다고 말했지만, 입에서 씹히는 그 식감은 더없이 훌륭했고 씹을 때마다 흘러나오는 즙은 쓰기는커녕 오히려 달디 달았다.

'이거 진짜 별미네.'

한참 산삼 무침에 집중하고 있을 무렵. 한윤화의 손이 바쁘게 식탁을 오가며 반찬을 내 접시에 올려놓았다.

"이건 암송아지로 만든 찜이고 요건 농어구이에요. 또 이건……."

마치 아기 새 마냥 그저 한윤화가 놓아주는 음식을 먹고 있자니, 금세 배가 차올랐다.

"회장님, 약주 한 잔 하시겠어요?"

계속해서 음식을 먹고 있을 무렵.

눈앞으로 고풍스러운 색을 풍기는 청색 빛깔의 자기 잔이 앞으로 내밀어졌다.

"술이라……."

평소 술을 즐기지는 않지만, 안주가 워낙 훌륭했기 때문일까? 그렇지 않아도 한 잔 정도가 생각나던 찰나였다.

"몸에 좋은 술이니까 쭉 드세요."

조르르.

술 잔 만큼이나 고운 술병을 들고 한윤화가 잔을 채워줬다.

'무슨 술이지?'

투명할 정도로 맑게 빛나는 술이지만, 그 향은 소주 특유의 것과는 달랐다.

과실주처럼 상큼하고 달달한 향이 코끝에서 느껴졌다.

'뭐, 먹어보면 알겠지.'

잔을 들어 망설임 없이 잔에 담긴 술을 입에 가득 털어넣었다. 쌉싸래하면서도 달짝지근함. 게다가 묘하게 당기는 입맛을 당기는 느낌이 있었다.

"이거 맛있네. 한 잔 더……."

한윤화에게 빈 잔을 내밀려던 찰나였다.

[알 수 없는 독에 중독되었습니다.]

지금까지 전혀 보지 못했던 시스템 메시지가 떠올랐다.

Chapter 32. 위험

지금까지 여행을 하면서 다양한 시스템 메시지가 있었지만, 이런 경우는 또 처음이었다.

'독……이라고?'

황당함도 잠시, 연이어 메시지가 떠올랐다.

[중독의 영향으로 체력의 수치가 1 감소했습니다.]
[중독의 영향으로 지력의 수치가 1 감소했습니다.]

혹시나 하는 생각으로 상태 창을 확인해봤다.

[한정훈]+
준비된 시간 여행자 LV. 2
근력: 12(2)
민첩: 6
체력: 10(2)
지력: 13
특성: 용기
스킬: 고속판단, 격투술, 직감

하지만 상태 창을 통해 확인한 능력에는 이전 정산의 방
에서 봤던 것과 별다른 차이가 없었다.
 '아니, 잠깐만. 저 버튼은 뭐야?'
한정훈이란 이름 옆에 존재하는 +버튼.
분명, 이전 여행을 끝내고 정산을 했을 때만 해도 존재하
지 않던 버튼이었다.

[송지철]+
세상물정 모르는 철없는 황태자
근력: 4
민첩: 3
체력: 4(-1)
지력: 5(-1)
*동기화가 낮아 확인할 수 없습니다.

상태: 현재 독에 중독된 상태입니다. 동기화가 향상 되면, 좀 더 자세한 정보를 확인할 수 있습니다.

'이건 이 몸에 대한 정보잖아?'

놀랍게도 +버튼으로는 원래 이 몸의 주인 송지철에 대한 것을 확인할 수 있었다.

너무나 형편없는 능력치에 놀라움도 잠시, 이내 내 눈을 사로잡은 건 -가 되어 있는 수치였다.

'조금 전의 술, 그 술에 독이 있었다고?'

시선을 돌려 한윤화를 쳐다봤다. 눈빛이 마주치자 그녀가 빙긋 웃으며 말했다.

"맛 괜찮으시죠? 한 잔 더 드려요?"

겉모습만 보면, 천사와 같은 얼굴이다. 하지만 그녀가 건넨 술에는 분명 독이 들어 있다.

'의도적인 걸까, 아니면 그녀도 모르고 있을까?'

물론 먹는다고 해서 당장 죽는 치명적인 독은 아니다. 그랬다면, 체력과 지력이 마이너스가 됐다는 메시지가 아니라 임무를 실패했다는 소리가 들렸을 것이다.

"혼자 마시려니 맛이 없네. 같이 먹을까?"

같이 먹자 권하며, 조심스레 그녀의 얼굴을 살폈다. 술에 독을 넣은 것이 그녀라면, 같이 먹자는 말에 분명 표정의 변화가 있을 것이다.

"같이요?"

한윤화는 처음으로 당황 어린 표정을 지었다. 하지만 그건 아주 잠깐, 말 그대로 찰나의 순간에 불과했다.

"기쁘네요. 회장님이 그런 말씀하는 거 처음인 거 아세요?"

능숙하게 술병을 집어 든 그녀가 내 빈 잔에 술을 따랐다.

"하지만 오늘은 마음만 감사히 받을게요. 몸 상태가 조금 안 좋거든요. 혼자 마시기 적적하시면 아이들이라도 불러 드릴까요?"

식탁의 접시에 놓여 있는 이름 모를 고기를 내 앞 접시에 놓으며, 그녀가 말했다.

'독이 있다는 것을 알고 있다.'

본능이 말했다.

집사장인 한윤화는 이 술에 독이 있다는 것을 알고 있고 말이다. 하지만 동시에 의문이 들었다.

'근데 어째서? 이 몸은 분명 집사장에게 가장 강한 호감을 보였는데, 그녀는 왜 이 녀석에게 독을 먹이려고 하는 거지?'

송지철은 안 집사도 김 비서도 아닌, 바로 집사장 한윤화에게 가장 큰 호감을 보였다.

그 말은 즉 송지철이 가장 믿는 사람이 바로 그녀였다는 소리였다. 하지만 정작 그녀는 독이 든 잔을 내밀었다.

"회장님, 무슨 생각을 그리하세요?"

"아무것도."

"걱정거리가 있으시면, 술 한 잔 하시고 털어버리세요."

"이상하게 오늘은 술이…… 아니다."

독이 든 잔을 내밀면서도 아무렇지 않게 미소 짓는 한윤화다. 여기서 내가 술을 거절하면, 분명 이상하게 생각할게 분명했다.

'만약 평상시의 송지철이었다면, 어땠을까?'

생각을 떠올려봤지만, 지금의 동기화로는 뿌연 안개가 눈앞을 가린 듯 쉽지 않다.

하지만 이 위기를 넘길 방법이 없는 것은 아니었다. 고맙게도 한국의 드라마에는 쓰레기인 이 녀석을 뛰어 넘는 슈퍼 쓰레기들이 넘쳐났다.

탁!

앞에 놓인 술잔을 가볍게 툭 치며 퉁명스러운 듯 말했다.

"갑자기 기분이 별로네. 이 술은 치우고 늘 먹던 거로 가져와."

"회, 회장님?"

"두 번 말할까?"

"아닙니다. 죄송해요."

한윤화는 곧장 고개를 숙였다. 그 모습을 보며, 곧장 이어 말했다.

"아, 그리고 아까 걔 괜찮더라. 문…… 문진희? 걔 데려오고."

"알겠습니다. 불러 오도록 할게요."

지금까지의 화기애애한 분위기와는 달리 칼날이 몰아치는 싸늘한 분위기가 장내를 휘감았다.

하지만, 내 눈에는 보였다. 한윤화의 입가에 조금 전까지의 웃음과는 달리 진짜 미소가 생기는 것을 말이다.

"부, 부르셨어요?"

10분 정도가 지나서 다시금 불려온 문진희의 옷차림은 많이 달라져 있었다. 아까의 메이드복과는 달리 짧은 치마에 하얀색 블라우스, 화장도 좀 전과는 달리 짙어져 있었다.

"퇴근하려고 했는데 부른 거 아니야?"

"아니에요. 오늘은 대기조거든요."

"대기조?"

"그 혹시 회장님이 필요하시면……."

말을 삼키는 문진희를 보니, 뒷말은 들어보지 않아도 알 만했다. 헛웃음을 가볍게 흘리고는 옆자리의 의자를 가리켰다.

"여기 앉아. 난 또 옷을 그렇게 입어서 퇴근하려고 한 지 알았지."

"……옷은 집사장님께서 이리 입으라고 하셨어요."

"집사장이?"

"네, 혹시 오늘 회장님께서 찾을 수도 있다고. 회장님은 이런 취향을 좋아 하신다고."

순간 정수리에 냉수를 끼얹은 것처럼 몸이 차갑게 식었다.

'설마 그때부터 이런 상황이 올 것을 예측했던 건가? 아니면, 단순히 우연?'

두 가지 모두 확실치 않다.

하지만 적어도 하나는 알겠다. 한윤화라는 여자는 내가 만났던 손태진이란 그 사람만큼 속을 알 수 없을 만큼 위험한 사람이라는 것 말이다.

마음의 심란함을 남긴 채 덕분에 30%까지 끌어 올릴 수 있었다.

앞으로 남은 시간은 약 13일.

시간과 동기화의 수치만 보자면, 나쁜 속도는 아니었다. 하지만 그렇다고 해서 마냥 마음을 놓고 있을 수 있는 상황도 아닌 것은 분명했다.

"후, 어제 같은 일이 계속 되면 곤란한데."

식사가 끝나고 쉬기 위해 방을 찾았는데, 그곳까지 문진희가 따라온 것이다.

그리고 또 다시 들리는 '스르륵' 소리. 한 번 경험했다고
는 하지만, 당황스러운 것은 마찬가지였다.

'솔직히 보고 싶기는 했지만……'

남자인 이상 충동이 들지 않았다고 한다면, 이는 거짓말
일 것이다. 더군다나 이미 온천에서 한 번 봤던 그 하얀 달
덩이 같은 모습은 머릿속에 강렬하게 남겨져 있었다.

간신히 마음을 다잡은 뒤에 피곤하다는 말로 그녀를 돌
려보내기는 했지만, 계속해서 이런 식으로 거절할 수도 없
는 노릇이었다.

나 스스로 충동을 참을 수 없는 것이 아니라, 이런 행동
이 계속 되면 집사장인 한윤화가 이상하게 생각할 것이 분
명했기 때문이다.

여자라면 환장하던 놈이 갑자기 여자를 마다하기 시작하
면, 그 누가 의심을 하지 않을까?

더욱이 나를 예의 주시하고 있는 사람이라면 그 의심의
폭은 더 커질 것이다.

"그렇다고 해서……."

꿀꺽.

나도 모르게 입안에 고인 침이 목젖을 타고 넘어갔다. 순
간적으로 저질러 버릴까라는 생각이 떠오른 것이다.

"으으, 한정훈. 너 무슨 생각을 하는 거야? 지금 네가 이
럴 때냐!"

아무리 현재 정신이 내 것이라고 해도 이 몸은 내 것이

아닌 송지철의 것이다.

벅벅!

헛된 생각을 날리고자 괜히 머리를 긁적거렸다.

"일단 이 문제는 나중에 생각하도록 하자. 어쨌든 이번 임무의 목적은 한윤화의 비밀을 파헤치는 게 아니니까. 우선은 안 집사를 공략해서 신뢰를 쌓는 게 먼저야."

자리에서 일어나 책상의 메모지를 꺼내 들었다. 그곳에는 어제 문진희를 통해 알게 된 안 집사에 대한 기본 정보들이 적혀 있었다.

본명은 안수홍.

나이는 63세로, 집사장인 한윤화, 김 비서와 더불어 전대 회장인 송무송의 최측근이었다.

한윤화와 마찬가지로 집안 문제에 대한 일을 전적으로 맡아 처리하고 있었다.

다만, 차이가 있다면 한윤화가 주로 살림적인 부분을 책임진다면, 안 집사는 집안사람의 인물 관계를 비롯한 경호 인력을 관리하고 있다는 점이었다.

슬하에 한 명 있다는 장성한 아들은 현재 결혼을 해서 캐나다에 나가 산 지 5년쯤 됐다고 한다.

이제 6살인 손녀가 하나 있는데, 항시 지갑에 사진을 넣고 다니며 틈만 나면 본다는 게 문진희의 말이었다.

"흐음, 아무래도 건강 검진보다는 가족들과의 상봉을 우선으로 해야겠어. 하지만 오래된 가족을 보게 해줬다고 해서 갑자기 이 사람을 위해 목숨을 바칠 수도 있다는 신뢰가 생기지는 않을 텐데. 아무리 오랜 시간 이 집안을 위해 힘써 왔다고 해도, 이놈이 워낙 개망나니 짓을 많이 했으니, 흐음."

지그시 눈을 감고 생각을 떠올렸다. 현재 이 몸, 송지철이 가지고 있는 가장 큰 장점은 무지막지한 돈이다.

아직까지 정확한 액수는 파악할 수 없지만, 아버지 송무송의 별명이 무려 황금손이었다. 어지간한 자산가지고는 이런 별명을 얻을 수 없었으리라.

"일단은 아들이 뭐하고 있는지부터 알아봐야겠는데. 점심에 밥이라도 먹자고 하면 이상…… 아!"

간단히 밥이나 먹으면서 대화를 할까 하다가 머릿속에 번개 같이 스쳐 지나가는 생각이 있었다.

자고로 남자라면, 나이를 불문하고 친해질 수 있는 몇 가지 소제가 있다. 하나는 술이고 다른 하나는 군대이며, 마지막 하나는 바로 사우나다.

사이가 좋지 않은 아들과 아버지 혹은 장인과 사위도 사우나에 가서 서로 등을 밀어주다 보면, 없던 정도 생긴다고 하지 않던가?

"아버지……."

생각이 거기까지 미치자 병실에 누워 계신 아버지의 모습이 떠올랐다.

물론 현세의 시간의 멈춰 있겠지만, 그렇다고 해도 내 가슴의 아픔마저 멈춰 있는 것은 아니다.

"반드시 아버지를 그렇게 만든 그 사람을 법의 심판대에 세울게요."

만약 단순히 힘으로 한다고 하면, 그자를 데려다가 아버지 앞에 무릎 꿇리는 것은 일도 아니다. 하지만 그것은 결코 아버지가 원하는 방법이 아닐 것이다.

[아들, 네가 그랬지? 사시를 보는 이유가 단순히 돈을 벌기 보다는 불합리함에 굴하지 않고 떳떳하게 살고 싶어서라고. 나중에 법관이 되더라도 그 마음 꼭 기억해야 한다. 그래야 이 아버지가 동네 사람들한테 우리 아들이 이렇게 훌륭한 사람이라고 마음 놓고 자랑할 것 아니냐?]

가볍게 술 한 잔 드신 아버지가 내게 했던 말이다. 그때는 그저 잔소리라 생각했지만, 지금 생각해보면 그 말은 단순한 잔소리가 아니었다.

없는 살림에도 아들을 엇나가지 않게 키우려 했고 그 아들이 장성해서도 남 앞에서 떳떳할 수 있기를 바라는 아버지의 마음이었다.

똑똑!

문을 두드리는 소리에 목소리를 가다듬고 입을 열었다.

"흠흠, 들어와."

끼익.

열리는 문과 함께 들어온 사람은 집사장 한윤화였다.

"회장님, 잘 주무셨어요?"

"그럭저럭."

"1층에 김 비서가 와서 기다리고 있답니다. 아침을 준비해둘 테니, 씻고 내려오세요."

"김 비서? 알았어. 얼른 씻……."

씻기 위해 자리에서 일어나려다 이내 머릿속에 떠오르는 생각에 다시금 침대에 앉았다.

"회장님?"

"김 비서가 왔다고 꼭 씻어야 해? 내 집에서 내가 좀 안 씻는 게 어때서?"

"……."

순간, 한윤화의 입에서 미소가 사라졌다.

'젠장, 이거 너무 나갔나?'

평소의 송지철 같은 모습을 보이려고 했던 것인데, 정작 한윤화의 표정은 심상치 않았다. 불안감이 조금씩 치솟아 오를 무렵, 이윽고 한윤화의 입술이 열렸다.

"이제야 원래의 회장님 같으시네요."

"응?"

"사실 조금 걱정했거든요. 어제 산책 이후 평소 제가 알던 회장님과는 다르신 것 같아서. 어디 아프신 건 아닐까 하고 공 박사님에게 연락을 해볼까도 생각을 했다니까요."

공 박사라, 주치의를 말하는 건가?

어쨌든 그녀의 말을 들으니 확실히 조심해야 할 필요성을 느꼈다.

'이거 쉽지가 않네.'

지금의 말을 들어보면, 어찌됐든 그녀는 내 행동거지가 평상시와는 다르다는 생각을 하고 있었다는 말이기 때문이다.

"됐어. 어찌됐든 아침밥은 생각 없으니까, 김 비서한테 기다릴 거면 기다리고 아니면 돌아가라고 해. 나는 조금 더 잘 테니까, 아줌마도 이만 나가보고."

"알았습니다. 그럼, 그리 전하도록 할게요."

고개를 끄덕인 한윤화가 조심스레 문을 닫고 방을 벗어났다.

그 모습에 참았던 한숨을 곧장 내뱉고 싶었지만, 혹 한윤화가 문에 귀를 대고 있을지도 모른다. 드라마에서 보면 흔히 나오는 장면이 아니던가?

그렇게 오 분 정도가 지나서야 비로소 참았던 숨을 토해낼 수 있었다.

"후우. 쉽지 않네, 쉽지 않아. 그나저나 괜히 김 비서랑 사이만 더 멀어지는 거 아니야? 뭐, 그간 이 녀석이 저지른 짓을 보면 더 멀어질 사이가 있지도 않을 것 같긴 한데."

그렇다고 해도 김 비서는 안 집사 다음으로 신뢰를 쌓을 인물로 생각하는 두 번째 사람이었다.

한윤화를 생각해서 이전의 모습을 보여줄 필요는 있지만, 그렇다고 이보다 더 사이가 멀어지는 건 막아야 했다.

"문자라도 하나…… 아, 70년대에 휴대폰이 있을 리 없지."

재벌이 아니라 재벌 할아버지라도 지금 같은 시대에 휴대폰을 보유한 사람은 없을 것이다.

이리저리 머리를 굴리다가 이내 침대에서 몸을 일으켜 세우고 방문을 열었다.

저벅저벅!

계단을 따라 내려간 집안은 사람이라고는 없는 것처럼 적막함이 가득했다.

'벌써 갔나?'

찝찝한 마음을 안고 거실로 나가는 순간, 낯익은 목소리가 귓전을 찔러왔다.

"그럼, 제가 직접 올라가서 뵙도록 하죠."

처음 들려온 목소리는 분명 김 비서의 것이 맞았다. 이어서 한윤화의 목소리가 들려왔다.

"회장님은 주무신다고 말씀드렸을 텐데요."

"그러니까 제가 올라가서 깨운 후에 말씀드리겠다고요."

"이미 회장님께서는 숙면을 취하시겠다고 말씀하셨습니다. 그런데 김 비서가 뭐라고 회장님을 깨우시겠다는 거죠?"

"그런 게 아니라……."

"혹시 아직도 전대 회장님께서 김 비서님을 회장님의 결혼상대로 생각하셨다고 해서 이런 억지를 부리시는 건가요?"

"집사장님!"

한 겨울에 부는 바람이 이리 차가울까?

거실의 안쪽에서 그저 지켜보는 것만으로도 두 사람의 냉랭한 기운에 살이 에이는 것 같았다.

'그래도 한 가지는 확실히 알았네. 두 사람의 사이가 결코 좋지 않다는 것 말이야.'

집사장 한윤화와 김 비서를 잇는 선이 붉은 색으로 그어졌다.

'이쯤에서 슬슬 나가야겠지.'

이대로 두 사람의 대화를 듣는 것도 나름 내게 도움이 될 만한 것을 얻을 수 있겠지만, 그랬다가는 두 사람이 서로 머리카락을 잡고 싸우는 모습을 볼 게 될 것 같다.

'흠흠.'

작게 기침을 내서 잠긴 목을 푼 뒤 괜스레 뒷목을 부여잡으며 걸어 나갔다.

"아침부터 뭐가 이렇게 시끄러워. 잠 한 번 자기 힘드네."

퉁명스러움과 짜증이 가득 담긴 목소리. 그 목소리를 듣는 순간 한윤화와 김 비서의 고개가 동시에 소리가 들려온 방향으로 향했다. 먼저 반응을 보인 것은 집사장 한윤화였다.

"회장님, 죄송합니다. 김 비서가 굳이 지금 회장님을 만나겠다고 하는 바람에 잠깐 언성이 높아졌습니다."

"그래?"

한윤화에게서 시선을 돌려 김 비서를 쳐다봤다. 이미 상황이 어찌 흘러갔는지는 알고 있지만, 지금의 내 얼굴을 거울에 비춘다면 '대체 무슨 일야?' 라는 아주 불편한 표정을 짓고 있을 것이다.

"뭐, 뭔지 모르겠지만. 이렇게 된 거 밥이나 먹으면서 무슨 얘기인지 들어보자고. 식사 준비 좀 해주겠어?"

"……알겠습니다."

당장이라도 김 비서에게 호통을 치길 원했던 것일까? 한윤화가 조금은 불만 어린 표정을 짓고는 주방으로 걸음을 옮겼다.

그러는 동안에도 김 비서는 불편한 표정으로 날 쳐다보고 있었다.

"그러다 심장마비 걸리겠네."

"뭐라고요?"

"소리 낮춰. 아니면, 그냥 이대로 보낼까?"

"……."

한윤화에게 원래 송지철의 모습을 보여주는 건 분명 중요하다. 비도크의 기억에 따르면, 그녀 같은 사람은 한번 의심을 하기 시작하면 절대 그 의심을 완벽하게 거두지 않는다.

하지만 그렇다고 해서 매번 망나니짓을 했다가는 그녀의 의심을 피할 수 있을지 몰라도 애초에 이번 여행의 임무를 달성하기에는 어렵다.

결국, 어느 정도 선을 정하고 그 사이에서 내가 줄다리기를 해야 한다는 소리였다.

"무슨 말을 하려는 건지는 모르겠지만, 아침이나 같이 먹으면서 하자고. 우리가 밥도 같이 못 먹을 사이는 아니잖아?"

"……먹었어요."

"응?"

"시간이 몇 시인데! 아침은 진즉 먹었다고요."

순간, 어린아이처럼 투덜거리는 김 비서의 모습이 귀엽다는 생각이 떠올랐다.

[동기화가 향상되었습니다.]
[현재 동기화는 31%입니다.]

"뭐야?"

"네?"

"아, 아니야. 밥을 먹었으면, 간단하게 차라도 한 잔 마셔. 혼자 먹는 밥은 맛없으니까."

"……알았어요."

다행히 김 비서는 내 행동에 크게 의문을 가지지 않았다.

하지만 그렇다고 해서 내 당혹스러움이 사라진 것은 아니었다.

'그냥 귀엽다고만 생각했는데, 왜 동기화가 오른 거지?'

지금까지 동기화가 오르는 경우는 여행을 시작했을 경우와 동기화의 물약을 제외하고는 크게 3가지였다. 첫 째는 정착자에 대한 핵심적인 정보를 입수 했을 때였다.

상황에 따라 다르긴 하지만, 핵심적인 정보를 입수하면 반드시 동기화가 향상 되었다.

둘째는 기억에서 아주 우선순위가 되는 인물을 만났을 때다.

예를 들자면, 가족 혹은 연인이라고 할 수 있다. 마지막으로는 정착자가 좋아하는, 다시 말해 동기화가 될 정도로 바라는 행동을 했을 때였다.

소방관인 제임스 반이 되었을 때가 그러했다. 하지만 지금은 단지 김 비서가 귀엽다는 생각을 했을 뿐인데, 1%이긴 하지만 동기화가 향상 됐다.

'설마 이 자식 그런 짓을 벌이고도 아직 김 비서를 좋아하는 건가?'

좋아하는 여자가 귀여운 행동을 보이는데, 싫어하는 남자가 어디 있겠는가?

하지만 송지철 이놈은 자신이 다른 여자와 호텔방에 있는 모습을 보여주기 위해 굳이 김 비서를 호출한 녀석이었다.

'그런 녀석이 왜…… 아!'

찰나의 순간이었지만, 거대한 망치가 내 후두부를 강타하는 것 같은 충격이 전해져 왔다. 김 비서와 송지철에 대한 얘기는 문진희가 전한 것이 다였다.

그렇다고 해서 문진희가 직접 그 현장을 목격한 것도 아니었다.

그녀는 단지 자신과 같은 메이드, 즉 집안의 선배들이 수다 떠는 것을 들었고 그것을 나에게 말했을 뿐이다.

다시 말해서 그녀가 전한 얘기는 사실이 아닐 수 있다.

마치 이 몸의 주인 송지철이 집사장 한윤화에게 호감을 보이지만, 정작 그녀가 독이 든 술잔을 내민 것처럼 말이다.

'이거 바보 같은 실수를 할 뻔했네. 그럼, 정리해보자면, 문진희가 전한 얘기가 사실이 아닐 수도 있고 송지철이 원래 김 비서에게 호감이 있었을 수도 있다는 얘기잖아? 하지만 그 사이에 누가 끼어들어서 둘 사이가 갈라졌다면……'

머릿속 뿌연 안개에 조금이지만, 길이 생기는 것 같았다.

"……하세요?"

"응?"

"가만히 서서 뭐하시냐고요!"

상념에서 빠져나와 정신을 차리니, 팔짱을 끼고 있는 김 비서의 모습이 보였다. 그제야 내가 너무 혼자만의 생각에 빠져 있다는 사실을 깨달았다.

"미안. 잠깐 뭐 좀 생각하느라. 그럼, 식당으로 갈까?"

돈이 많다고 해서 매일 같이 산해진미를 먹는 것은 아닌 것 같다. 식탁 위에는 어제의 저녁과는 달리 간단하게 식사가 준비되어 있었다.

물론 그렇다고 해서 일반인이 생각하는 간단한 수준은 아니다. 금박이 뿌려진 죽을 포함해서 10가지나 되는 밑반찬이 차려져 있었기 때문이다.

"어제 입에 잘 맞는 것 같아서 아침에도 준비해 봤어요."

한윤화가 슬쩍 접시에 담긴 무침을 내 앞으로 내밀었다. 뭔가 하고 살펴보니, 전날 먹은 산삼 무침이었다.

"젊을 때 잘 챙기셔야 나중에 고생 안 하세요. 늙어서는 아무리 좋은 걸 먹어도 소용없으니까요."

"……."

약간은 성적인 발언에 슬쩍 김 비서의 얼굴을 살폈다. 혹시나 했지만, 역시나 김 비서는 애써 일그러지려는 표정을 유지하고 있었다.

"잘 먹을게. 그리고 여기 김 비서는 아침을 먹었다고 하니까 커피랑 간단한 다과 좀 부탁하고."

가볍게 고개를 끄덕인 한윤화가 뒤쪽으로 가더니 메이드에게 뭔가 지시를 했다.

그렇게 김 비서와 둘이만 식탁에 앉아 있으니, 괜스레 어색한 공기가 주변을 감돌았다.

"이것 좀 먹어볼래? 산삼이라는데."

"됐습니다."

"아니, 산삼이 사람 몸에 좋잖아."

"회장님이나 많이 드세요."

"싫다면 어쩔 수 없지."

어색함에 괜히 앞에 놓인 산삼무침을 권해봤지만, 김 비서의 반응을 싸늘하기 그지없었다.

두근두근!

'젠장, 비도크의 경험이 있으면 뭐해. 네가 김 비서를 좋아하는 건 이제 알았으니까, 심장 좀 그만 두근거리지?'

수많은 여자를 만나고 그녀의 마음을 훔친 비도크. 하지만 그건 어디까지나 자신의 몸을 컨트롤 할 수 있기 때문에 가능했던 일이었다.

좋아하는 여자 앞에서 감정을 숨기지 못하고 심장부터 가슴이 벌렁거리는 사내에게는 아무리 뛰어난 지식도 빛 좋은 개살구에 불과했다.

아삭아삭!

민망함에 김 비서에게 권했던 산삼무침을 입으로 가져가 씹었다.

산삼이라는 걸 떠나서 전날 먹었던 음식 중에서 가장 입에 맞는 메뉴였기 때문에 그 맛에 대한 기대감이 드는 것도 사실이었다. 하지만 그런 기대는 불과 몇 초를 가지 못했다.

[알 수 없는 독에 중독되었습니다.]

마치 기다리기라도 했다는 듯 떠오르는 메시지. 전날 술을 마시고 봤던 메시지와 동일했다.

동시에 몸 안쪽이 뜨거워지며, 마치 물속에 들어가 누운 듯 붕 뜨는 기분이 들었다.

'이런 개 같은…….'

이쯤 되니 욕이 안 나오려고 해야 안 나올 수가 없었다. 전날처럼 체력과 지력이 감소하는 효과가 없는 걸로 봐서 농도는 약해진 것이 확실했지만, 그렇다고 독이 약이 되는 것은 아니었다.

현재 몸에서 보내는 신호만 봐도 그러했다. 애초에 송지철의 몸 상태가 거지같기는 했지만, 천년 묵은 산삼도 아니고 산삼 무침을 먹었다고 몸이 붕 뜨는 느낌이 드는 것이 정상일 리가 없다.

애초에 산삼의 효과가 그런 것이라면, 전날 산삼 무침을 먹었을 때도 같은 반응이 나왔어야 했다. 하지만 어제에는 그런 느낌이 조금도 있지 않았다.

'가만 그러고 보니 이 녀석 원래 마약을 했었다고 했지?'

문진희에게서 들었다. 유학 시절 송지철이 각종 마약을 했고 귀국을 해서도 계속해서 손을 대는 바람에 아버지인 송무송이 어지간히 속을 썩었다는 사실이었다.

'마약도 독이라면, 독이겠지. 아니 그 무엇보다 무서운 독이지.'

입안이 텁텁해지고 혓바닥이 까칠해질 무렵, 한윤화가 쟁반에 차와 다과를 가지고 걸어왔다.

"차 가지고 왔어요. 어머, 어제는 잘 드시더니 오늘은 왜 이렇게 못 드셨어요?"

아무것도 모르겠다는 표정으로 묻는 그녀의 모습에 소름이 끼칠 정도였다. 만약, 시스템의 메시지가 없었다면 비도크가 아니라 전설적인 배우나 사기꾼의 기억을 가지고 있어도 꼼짝 없이 속았을 것이다.

"그냥, 어제 술을 좀 했더니 속이 안 좋아서."

"그럼, 해장국으로 준비할까요?"

"아니, 머리도 아프니까 잠깐 산책을 좀 해야겠어. 김 비서, 나한테 할 말이 있는 것 같은데. 산책하면서 들어도 되지?"

"네?"

"산책 말이야."

"아니, 지금 밖이 얼마나 추운지 아세요?"

"그래서 싫어?"

"후우, 나가시죠."

막 찻잔에 담긴 커피를 한 모금 마시려던 김 비서가 어이가 없다는 얼굴로 날 바라봤다.

하지만 그러거나 말거나 지금은 이 자리를 벗어나서 현 상황을 되짚어 볼 필요가 있었다.

일단은 가까운 사람부터 신뢰를 얻는다?

웃기는 소리다.

현재 돌아가는 상황으로 보건데, 신뢰는커녕 2주. 아니 1주일이 지나기도 전에 내가 깃든 이 몸의 주인 송지철은 독살을 당할 판이다.

Chapter 33. 여우를 굴로 끌어들이다.

산책을 하기 위해서 굳이 멀리 갈 필요는 없었다. 현관문을 열고 걸어 나가기만 해도 수백 년 묵은 노송이 반겨주는 정원이 존재했기 때문이었다.

잠옷 차림에 간단히 겉 옷 하나를 걸치고 나서자 차가운 바람이 옷 속을 뚫고 피부를 긁어댔다. 하지만, 그 덕택에 오히려 좀 전까지 붕 뜨는 것 같은 기분이 좀 진정되었다.

"할 말이 뭐야?"

"앞으로 어떻게 하실 생각이신지, 회장님의 속마음을 듣고 싶어요."

"어떻게 하다니?"

멈칫.

무슨 소리냐는 식으로 묻자 걸음을 멈춘 김 비서가 고개를 홱 돌렸다. 그녀의 표정에는 정말 모르겠냐는 물음이 떠올라 있었다.

"정말 몰라서 물으시는 거예요?"

"진짜 모르겠는데."

"회장님이 돌아가시고 도련님이 그 뒤를 이으셨으니까, 기존에 운영하던 사업과 투자하기로 했던 곳에 대한 향후 방향을 결정하셔야죠. 설마, 이에 대해서 아무런 생각이 없으신 건 아니겠죠?"

"……."

김 비서에게 정말 미안하지만, 난 아무런 생각이 없었다.

고작 하루.

동기화도 이제 30%를 달성했다. 사업과 투자에 대해 내가 무엇을 알겠는가?

그런 문제가 아니더라도 지금의 나는 한윤화의 독과 여행의 임무를 달성하는 것만으로도 머리가 복잡했다.

게다가 이번 여행의 내 진짜 목적은 철부지 도련님의 뒤치다꺼리나 하는 것이 아니다.

애초에 송지철은 제임스 반과 같이 특별한 사명감을 가지고 있는 인물도 아니었다.

그렇다면, 이왕지사 막대한 재물을 가진 사람의 몸으로 들어 왔으니, 미래의 나를 위한 준비를 해도 나쁠 게 없지 않은가?

"그냥 지금까지 진행하던 대로 하면 되지 않아?"

"그걸 지금 말이라고 하세요? 저쪽은 전대 회장님이 돌아가신 일로 인해 지금 크게 흔들리고 있다고요. 이럴 때 다른 경쟁자들이 공격적 투자를 하면, 큰 손해를 볼 수 있어요. 아무리 경영에 신경을 쓰지 않으셨어도 그 정도는 얼고 계시잖아요?"

알게 머냐. 다른 경쟁자들 따위. 그보다 내가 진짜 궁금한 것은 따로 있었다.

"재산이 얼마나 될까."

"네?"

"아버지의 재산, 그러니까 내가 물려받은 황금 그룹의 재산. 김 비서는 대충 알고 있지?"

문진희는 말했다. 집안 살림을 집사장 한윤화가 책임지고 경호와 집안의 인맥관리를 안 집사가 한다면, 사업적인 부분은 김 비서가 전담한다고 말이다.

"고작 하신다는 질문이 그것인가요? 게다가 회장님 재산을 저한테 물으시면, 제가 뭐라고 대답해야 할까요."

"액수를 말하면 되지. 500억? 1,000억? 설마 이것보다 더 많을까?"

오백 억이나 1,000억이라는 돈이 엄청난 액수이기는 하지만, 현대라면 고작 그 정도로 황금손이라는 별명을 얻지는 못할 것이다.

하지만 지금은 1970년.

당시의 1,000억은 현대로 치자면 거의 조에 가까울 만큼 천문학적인 액수였다.

"후우. 정확한 액수는 저도 몰라요. 다만, 현재 수면 위로 공개된 사업들만 정리해도 수 천 억은 될 겁니다."

"휘유~"

휘파람이 절로 흘러 나왔다. 수면 위로 공개된 사업의 가치만 수 천 억. 그 말은 최소 그에 준하는 액수가 수면 아래에 숨겨져 있을 가능성도 있다는 소리였다.

"엄청난 액수네."

"네, 정말 엄청난 액수죠. 그러니까 앞으로 이 엄청난 액수를 어떻게 하실 건지 회장님께서 정하고 이끌어 나가셔야 한다고요."

"접자."

"……!"

스윽!

고개를 돌려 김 비서의 굳어 버린 표정을 바라봤다. 그러거나 말거나 난 상관없이 말을 이었다.

"이미 지금 있는 재산만 해도 엄청난 액수야. 모르긴 몰라도 죽을 때까지 쓴다고 해도 다 쓰지 못할 걸? 그런 돈을 골치 아프게 고생하면서 아등바등 더 벌어봐야 뭣하겠어? 그러니까 이쯤에서 그만……."

짝!

말을 마저 끝내기도 전에 오른쪽 볼에 화끈한 감각이

느껴졌다.

1초, 아니 2초 정도 상황이 인지가 되지 않았다. 그러다 부들거리는 김 비서의 손바닥을 발견하고는 내가 **뺨**을 맞았다는 사실을 알 수 있었다.

"……지금 이게 무슨 짓이야?"

원래의 신체였다면, 상상도 할 수 없는 일이다. 손바닥이 볼에 닿기 전에 몸이 먼저 반응했을 테니 말이다.

"당신은 정말 변한 게 하나도 없군요. 조금이라도 변하셨을 것이라고 생각했던 제가 정말 바보였어요."

부들거리는 김 비서의 모습은 내가 이 몸이 되고 나서 봤던 모습 중에서 가장 분노하는 것 같은 얼굴이었다.

물기가 가득 찬 눈망울은 톡 건들기만 해도 당장 폭포수처럼 눈물이 흘러내릴 것 같았다.

'내가 뭘 잘못한 건데?'

이해가 가지 않았다. 이미 엄청난 재산이 있는데, 아등바등 힘들게 더 돈을 모을 필요가 있을까? 그건 단지 욕심이 아닐까?

"……나쁜 사람."

가슴 깊은 곳에서 올라온 것 같은 한 마디를 남기고 김 비서가 몸을 돌리려는 순간이었다.

움찔!

찌릿한 느낌이 오른손에서 전해져 왔다.

'이건?'

제임스 반이었을 때도 경험했던 현상이었다.

'그녀를 잡으라는 건가?'

목소리를 들리지 않았지만, 몸의 원래 주인인 송지철이 무엇을 원하는지 알아차리는 것은 어렵지 않았다.

그리고 애초에 송지철이 이런 신호를 보내지 않았어도 나 역시 그녀를 이대로 보낼 생각은 없었다.

덥석!

오른손을 내밀어 자리를 뜨려는 김 비서의 손목을 잡았다.

"놔요!"

"화내는 건 좋은데, 이유라도 알려주지 그래?"

"당신하고는 이제 할 말 없으니까, 놓으라고요."

"김 비서."

"놓으······."

"김새미!"

잡은 손을 떨쳐내기 위해 몸부림치는 그녀를 향해 목청을 높였다.

그러자 순간적으로 놀란 김 비서가 깜짝 놀란 얼굴로 내 얼굴을 바라봤다. 그런 그녀의 눈을 피하지 않고 말했다.

"화가 나는 이유가 있으면, 그 이유를 말해. 난 이미 죽을 만큼 쌓아 놓은 돈 가지고 편히 살자는 내 말이 왜 그렇게 당신을 화나게 만들었는지 모르겠으니까."

진심을 담아서 말했기 때문일까?

붉게 달아올랐던 김 비서의 표정이 차츰 가라앉기 시작했다. 그리고 이내 마음을 추슬렀는지, 김 비서가 나직한 목소리로 입을 열었다.

"……사람들은요."

"응?"

"사업을 모두 접으시면, 여태까지 회장님을 바라보고 일했던 그 많은 사람들은요? 모두 해고시키실 건가요?"

"그게 무슨…… 아!"

이제야 이해가 갔다. 내가 가지고 있는 기업에 대한 지식은 2016년의 것이지만, 김 비서의 지식은 1970년의 문화였다.

다시 말해서 사업을 접는다는 의미를 그녀가 받아들일 때는 현재 운영하고 있는 사업체의 직원들을 모두 해고하겠다는 것과 마찬가지였던 것이다.

노동자의 인권?

지금이 12월이니, 전태일 열사가 부조리한 노동자들의 현실을 고발하며 스스로 분신한 것이 고작 한 달 전의 일이다. 당연히 노동자의 권리라는 게 제대로 있을 리 만무했다.

'내가 실수한 건 맞지만, 그래도 김 비서가 어떤 사람인지는 대충 감이 왔네. 송지철, 이 녀석 제법 여자 보는 눈은 있잖아?

딱 한 가지 송지철이 마음에 드는 점을 한 가지 찾았다. 김 비서는 이 집안의 다른 사람들과 다르게 무조건 상명하복 하는 사람이 아니었다. 이것만큼은 칭찬할 만 했다.

"미안해."

"……?"

"솔직히 말하면, 그 사람들에 대한 생각은 전혀 못했어. 사과할게."

"사, 사과요? 지금 저한테 사과한다고 하셨어요?"

김 비서의 동공이 놀란 토끼마냥 커졌다.

"나한테 사과 처음 받아봐? 뭘, 그리 놀래."

"……처음 맞잖아요."

"어?"

"처음이라고요. 본인 스스로 잘못을 인정하고 사과한 거."

아까 칭찬하겠다는 말은 취소다.

"그럼, 사업을 접는다는 말은 보류할게. 대신 축소시키는 방향으로 알아볼 수 있을까?"

"네?"

"김 비서가 판단했을 때 불필요하다고 생각 되는 사업체는 기존 직원을 그대로 고용한다는 조건 아래에 다른 쪽에 넘기는 거야."

"……"

"음, 그리고 기존 사업체 중에서도 퇴직을 원하는 사람이 있으면 신청 받아봐. 자발적 퇴사의 경우, 3개월 급여를 일시불로 지급하겠다는 조건을 걸어서 말이야. 이런 식으로 차근차근 규모를 줄여나가면, 나중에 정리하는 데 문제없겠지?"

"사업체의 규모를 왜 줄이는 건지 여쭤 봐도 될까요?"

"일종의 가지치기라고 할까? 이제 와서 아무것도 모르는 내가 회장이라고 뭔가를 하려고 하면, 이곳저곳에서 잡음이 흘러나올 거야. 그러니까 주변이 안정될 때까지 불필요한 것들은 솎아내고 내실을 좀 더 튼튼하게 할 생각이야. 사업체는 그 뒤에 늘려도 충분하니까."

내가 말을 이을수록 김 비서의 표정이 시시각각 변해갔다.

"왜 그런 얼굴로 봐?"

"이거 누구 생각이에요? 혹시 저 몰래 사람이라도 들이셨나요?"

"사람은 무슨."

"하지만 도련님, 아니 회장님이 어떻게 이런 생각을……."

"나도 바보는 아니야. 쓰레기처럼 살았지만, 외국에서 놀기만 한 것도 아니고."

"……."

김 비서는 여전히 못 믿겠다는 눈초리로 날 바라봤다. 하긴, 지금까지 송지철이 해온 행동을 보면 그 누구라도 단 번에 믿을 수 없을 것이다.

"……알겠어요. 그렇게까지 생각하고 계시니 지시하신 대로 진행할게요. 대신, 한 가지만 더 여쭤 봐도 될까요?"

"뭔데?"

"그렇게 정리를 하면, 상당한 규모의 자금이 만들어질 거예요. 사업체를 다시 늘리실 때까지 그렇게 만들어진 돈은 어찌할 생각이세요?"

"글쎄. 정치라도 해볼까? 그 정도 돈이면 국회의원 정도는 할 수 있지 않을까 싶은데."

"진…… 심이세요?"

"당연히 농담이지. 정치 따위는 관심 없어."

"회장님!"

꽤 놀랐던 것일까? 김 비서가 버럭 소리를 질렀다. 그런 그녀를 향해 빙긋 웃어주고는 한동안 멈췄던 발걸음을 다시 움직이기 시작했다.

"그 돈은 한동안 이 몸을 지키고 그 대가에 대한 값을 치르게 할 거야."

처음의 계획은 송지철이 가진 막대한 재력을 미래의 나를 위해서 사용할 생각이었다.

하지만, 다시 생각을 해보니 내가 지금 그 재산을 가지고 뭘 한다고 해도 그 이후 송지철이 다시 회수하면 모든 것이 도루묵이었다.

지금 이 몸에 대한 주도권을 가지고 있는 것은 나이지만,

그렇다고 해서 이 몸에 원래 주인 송지철의 정신이 남아 있지 않은 것은 아니기 때문이다. 이 사실은 제임스 반을 통해 충분히 겪었던 사실이었다.

따라서 나는 지금의 이 몸과 한 가지 약속을 할 생각이다. 그를 위해 목숨을 내던질 수 있을 정도의 신뢰를 지닌 사람을 곁에 만들어주고, 집사장 한윤화가 송지철에게서 무엇을 노리는 지 밝혀준다.

그리고 그 대가로 미래의 나에게 전해질 수 있는 재물을 받아갈 것이다.

물론 내가 이 몸에서 떠나고 나면, 송지철이 받아먹을 것만 받아먹고 모른 척할 가능성도 있다. 하지만 그건 그 나름대로의 대비책을 만들면 되는 일이었다.

"지킨다는 게 무슨 의미인지는 모르겠지만, 어쩐지 제가 아는 회장님의 모습이랑은 조금 다른 것 같네요."

"그래? 뭐, 뒤늦게라도 철이 들었나 보지."

"……."

"그보다 김 비서, 내가 개인적으로 부탁할 일이 두 가지가 있는데. 괜찮을까?"

"지난번처럼 여자 연예인들을 데려와서 파티를 열어달라는 얘기만 아니면요."

"그, 그럴 리가 없잖아!"

역시 이 녀석이 저질렀던 행동은 내 예상의 범주를 뛰어넘는다.

"그럼 말해보세요. 부탁을 들어드릴지 말지는 들어보고 결정할게요."

"안 집사님의 가족에 대해서 아는 것 좀 있어? 가족들이 캐나다에 있다는 건 알겠는데. 그 이외의 것 말이야."

"으음. 그리고 보니 최근 캐나다에서 진행하는 사업이 조금 어렵다는 얘기는 들었어요. 기반은 제법 닦아 놓은 것 같은데, 막상 일을 진행하려고 하니 기존 투자자가 손을 때겠다고 했나 봐요."

"사업? 무슨 사업인데?"

"봉제공장이요."

"봉제라, 나쁘지 않네. 그거 우리가 한번 투자해보면 어때?"

"……조금 전까지 사업 규모를 줄인다고 하시지 않았어요?"

"아니, 뭐…… 안 집사님이 남도 아니고. 그리고 무조건적으로 투자하겠다는 말은 아니야. 일단 그 자식 내외를 국내로 들어오라고 해서 사업계획서나 그런 걸 본 다음에 투자하겠다는 거지."

"흐음."

김 비서가 수상하다는 듯 내 위아래를 흘긴다.

'비도크가 아니라 원래의 내 몸이었을 때도 거짓말이 이렇게 서툴지는 않았는데. 이 녀석은 하는 짓은 사고뭉치인데 무슨 거짓말도 제대로 못하는 거야?'

두근거리는 심장을 애써 진정시키며, 입을 열었다.

"왜, 왜 그런 눈으로 보는데?"

"뭐, 좋아요. 그쪽에 연락을 해서 의견을 전달해볼게요. 그리고 안 집사님한테는……."

"당연히 비밀이지!"

"알아요. 제가 회장님처럼 눈치가 없는 줄 아세요?"

"……."

"그럼, 첫 번째 부탁은 됐고 두 번째 부탁은 뭐에요?"

내가 꺼낸 첫 번째 부탁이 나름 나쁘지 않았던 것일까? 말을 건네는 김 비서의 목소리가 한결 부드러워져 있었다.

"두 번째 부탁은……."

슬그머니 주변을 살폈지만, 사람의 그림자라고는 보이지 않았다.

'어차피 내가 개인적으로 조사를 하기에는 시간이 부족해. 지금은 이 사람을 믿을 수밖에 없어.'

마음의 결정을 내린 뒤 지금까지의 장난스러운 표정을 지우고 말했다.

"집사장, 한윤화에 대해 조사해줘."

"그게 지금 무슨 소리세요?"

"말 그대로야. 조사 가능한 범위 내에서 그녀에 대해 모든 걸 조사해줘. 돈은 얼마가 들더라도 상관하지 않을게."

"제 질문이 그게 아니라는 걸 아실 텐데요. 왜 갑자기 한윤화 집사장을 조사해달라는 거죠? 솔직히 그녀는 도련님과 제일 가까운 사이잖아요."

"지부작족이란 사자성어 알아?"

지부작족. 믿었던 사람에게 배신당하는 것을 말하는 것으로, 흔히 믿는 도끼에 발등 찍힌다는 말과 일맥상통하는 사자성어다.

"……지금 그녀가 회장님을 배신했다는 건가요?"

"배신을 한 건지 아니면, 원래 그런 목적이었는지는 앞으로 김 비서가 조사하는 자료들을 통해 알아봐야지. 하지만 한 가지는 확실해. 그녀는 내 편이 아니야."

자기편을 독살하려는 아군은 세상에 없다.

"……솔직히 혼란스럽네요. 회장님께서 그런 말씀을 하실 지는 상상도 하지 못했거든요. 오히려 이게 집사장과 짜고 저를 옭아매려는 함정이 아닐까라는 생각도 들어요."

"응? 내가 김 비서를 옭아매서 뭐하게?"

"그야 이전에도…… 후우. 아니에요."

잠깐, 김 비서의 반응을 보면 이거 뭔가가 있긴 있나 본데? 분명 조금 전에 욱하려는 모습이 보였으니까 말이다.

"할 말이 있으면 그냥 하지. 왜 말을 하다 끊어?"

"지난 일을 가지고 이러쿵저러쿵 떠드는 건 제 성격이 아니니까요. 아무튼, 시키셨으니 조사는 해보겠어요."

"고마워."

"그럼, 하실 말씀은 다 끝나신 거죠?"

김 비서의 질문에 고개를 끄덕였다. 그러자 김 비서가

기다렸다는 듯 몸을 돌려 걸어왔던 정원의 반대편으로 걸음을 옮기기 시작했다.

저벅저벅!

하지만 몇 걸음이나 그렇게 걸었을까?

휙!

갑작스레 몸을 돌린 그녀가 날 불렀다.

"회장님!"

"어?"

"……아까 집사장은 자신의 편이 아니라고 하셨죠?"

"맞아."

"그럼, 저는 회장님의 편이 맞나요?"

김 비서의 표정은 그 어느 때보다 진지했다. 그리고 그와 동시에 이 몸의 심장에서도 울림이 전해져 왔다.

'네가 반응 보내지 않아도 알거든. 아니, 애초에 이런 마음이 있었으면 대체 왜 그런…… 생각해보니 이상하네. 이 녀석 반응을 보면, 아무리 쓰레기라고 해도 그런 짓을 하지는 않았을 것 같은데? 아무래도 이건 다른 경로를 통해 한번 알아봐야겠네. 아무튼!'

날 바라보고 있는 김 비서를 향해 한 쪽 입꼬리를 말아 올렸다.

씩!

"적어도 내 적은 아니지."

"그 대답이면 됐어요."

만족스러운 표정을 지은 그녀가 이내 다시 몸을 돌려 걸음을 옮겼다. 그리고 그녀의 뒷모습은 그 어느 때보다 힘 있고 당차 보였다.

Chapter 34. 부자의 능력

    사람은 누구나 망상을 한다. 이는 지극히 정상적인 행동으로 사람이라면, 누구나 지금보다 더 나은 현실. 다시 말해서 자신이 가진 욕망과 욕구를 실현시키고 싶기 때문이다.

    TV에서 나오는 재벌만 해도 그렇다. 일반 시민들이 볼 때, 재벌은 거대한 대저택에서 살 것 같으며, 또 매일 같이 산해진미가 가득한 식사를 먹는 것처럼 보인다.

    뿐만 아니라 항상 옆에서 시중을 드는 사람들이 있을 것 같고 그들이 입는 옷과 차량은 말 그대로 억 소리가 나는 가격의 물건처럼 보인다.

    심지어 우스갯소리로 라면을 먹기 위해 일본을 가고 해수

욕을 즐기기 위해 하와이를 찾는 것처럼, 시간과 돈에 쫓기지 않을 것 같은 재벌의 모습은 서민들에게 있어서는 그야말로 꿈, 망상의 대상이 된다.

하지만 재벌의 삶이 정말 그러할까?

답은 놀랍게도 그렇다는 것이다. 막대한 부를 지니고 있는 송지철이 되어서 체험을 해보니, 물질만능주의란 말이 괜히 나오는 것이 아니었다.

"하하! 그간 격조하셨습니다."

앞머리의 절반이 벗겨진 중년인이 입가에 연신 미소를 지으며, 앞서 길을 안내했다. 그가 입은 잿빛 양복의 가슴 부분에는 총괄 지배인 김태훈이라는 이름이 적힌 명찰이 달려 있었다.

[서울 명동 미도파 백화점 총괄 지배인 김태훈.]

현 시점에 대한민국 최고의 백화점을 총괄하는 지배인이 그저 평범한 신분의 사람일리는 없다. 당장 오늘만 해도 백화점을 찾는 정, 재계의 인사가 수십 명은 되었으니까 말이다.

지금도 김태훈이 백화점 내부를 쭉 둘러보면, 평상시라면 단숨에 달려가 인사를 건네야 할 사람이 서너 명은 있을 것이다.

하지만 그럼에도 김태훈은 만사를 제쳐두고 지금의 나,

송지철에게로 왔다.

그것은 결국 송지철이 가진 재물의 힘이 어지간한 권력과 재물을 가진 사람은 명함도 못 내밀 정도로 강대하다는 것을 의미했다.

하지만 이런 과잉 친절은 항상 받아오던 사람이 받아야지, 그렇지 않은 사람이 받는다면 불편하기 짝이 없기 마련이었다.

'끄응. 김 비서에게 줄 선물이나 하나 사려고 했는데, 왜 이렇게 달라붙는 거야.'

김태훈은 쉬지 않고 매장을 소개하면서, 어떤 것이 신제품이고 뭐가 좋은지를 계속 설명했다.

"이건 이번에 미국에서 가져온 TV입니다. 화질도 아주 좋고 튼튼하기 짝이 없지요."

슥!

고개를 들어 김태훈이 가리킨 TV를 슬쩍 살펴보니, 그저 한숨만 흘러 나왔다.

2016년에서 HD, UHD니 하는 TV들을 봐오던 내게 70년대의 투박한 디자인과 화질이 눈에 들어온다면, 그게 더 이상할 것이다.

더욱이 백화점 안을 돌아다니는 여성들은 열에 여섯은 한복을 입고 있었다.

분명, 같은 대한민국이기는 하지만 40년의 세월의 문화는 쉽게 이해할 수 있는 시간의 흐름은 아니었다.

'차라리 첫 번째 여행의 조선시대처럼 아예 몇 백 년이 차이나면, 괜찮겠는데 오히려 어중간하게 겹치는 부분이 있으니 어렵네.'

"마음에 안 드시면, 이 전화기는 어떠십니까?"

잠시 상념에 빠져 있을 무렵, 김태훈이 이번에는 유리 벽 너머로 진열되어 있는 전화기를 가리켰다. 2016년에는 이제 박물관에서나 볼 수 있는 다이얼을 돌려 거는 전화기였다. 색조차 흑색과 백색 또는 빨간색으로 단색으로만 존재했다.

"……이것도 별로십니까? 하하! 하긴 외국에서 오랫동안 생활해 오신 도련님에게는 좀 촌스러워 보일 수도 있겠습니다."

"도련님이 아니라 회장님이시네."

김태훈의 너털웃음에 내 곁에서 조용히 따르던 안 집사님이 낮은 목소리로 입을 열었다. 그러자 김태훈이 무슨 소리냐는 듯 반문했다.

"네?"

"호칭 말이네!"

"호칭이…… 아! 죄, 죄송합니다. 제가 그만 큰 결례를…. 죄송합니다, 회장님."

그제야 김태훈이 급히 고개를 숙여 사과를 건넸다. 내가 보기에는 별 것 아닌 일에 안 집사님이 과민 반응을 보였다고 할 수 있지만, 송지철의 기억을 보면 그도 아닌 것 같았다.

적어도 송지철은 이런 호칭에 대해 무척 민감하게 받아들였다.

어느 정도인가 하면 지금 눈앞의 있는 김태훈에게 주먹질을 할 정도로 말이다.

곁에서 송지철을 오래 모신 안 집사님은 그 사실을 알았기 때문에 미리 나서서 김태훈의 잘못을 지적한 것이다. 따지고 보면, 김태훈에게 있어 안 집사님은 은인인 셈이었다.

물론 여기에는 매일같이 정, 재계의 인사들을 만나고 접대하는 김태훈의 눈치도 한몫했다.

'역시 첫 번째로 마음을 얻어야 하는 사람은 안 집사님이 맞아.'

송지철이 쓰레기 같은 행동을 했건 말건 전대 회장부터 시작해서 수십 년의 세월을 변함없는 마음으로 모셔온 사람이었다.

지금의 행동도 만약 송지철에 대한 관심이 없다면, 김태훈이 어떤 반응을 보였던 그저 지켜만 보고 있었을 것이다.

그럼에도 지켜만 보지 않고 나섰다는 것은 송지철에 대한 그만한 애정이 있다는 뜻이었다.

"안 집사님, 다리 아프지 않으세요?"

"네? 아, 죄송합니다. 회장님. 이 늙은이가 괜히 회장님의 마음을 신경 쓰게 했나 봅니다."

이것 봐라. 다리 아픈 것을 걱정해 드렸더니, 도리어 그것 때문에 내가 신경을 썼다는 사실을 죄송해하는 분이었다.

"카페가 어디 있죠?"

"네?"

김태훈이 무슨 소리냐는 듯 또 다시 반문했다.

"커피숍. 그러니까, 잠시 쉬면서 차 한 잔 할 수 있는 곳 말입니다."

"아! 제가 안내하겠습니다. 이리로 가시죠."

뒤늦게나마 내 말뜻을 이해한 김태훈이 앞서서 걸음을 옮기기 시작했다.

미도파 백화점 외관 1층의 커피숍.

앞에 쌍화차가 담긴 커피 잔을 만지작거리며, 안 집사가 이내 한숨을 푹 내쉬었다.

"이제 저도 그만 은퇴를 해야 되나 봅니다."

"그게 무슨 소리세요?"

"회장님께서 이 늙은이가 힘들어하는 것을 보고 이리 배려를 해주시다니, 기쁘기 짝이 없지만. 한편으로는 제가 회장님을 도와드리지 못할망정 이리 시간만 뺏고 있지 않습니까?"

순간 울컥거리는 마음이 들었다. 송지철 듣고 있겠지? 네가 그렇게 바보 같은 짓을 하고 돌아다녔어도, 이 분은 항상 네 걱정만 하는 분이다.

'그러니까 지금부터 내가 뭐라고 하든 이해하라고.'

애초에 허락을 하지 않더라도 내 뜻대로 할 생각이긴

하지만 말이다.

"안 집사님."

"네, 회장님."

"저한테 있어 안 집사님은 아버지 같은 분이세요."

"그, 그게 무슨 말씀이십니까?"

"제가 그동안 사고를 쳐도 좀 많이 쳤습니까? 그런데 그걸 아무 군소리도 없이 감싸주고 해결해주신 분이 바로 안 집사님이십니다. 아마, 아버지가 절 내치려 했어도 안 집사님께서 말려주셨겠지요. 그러니, 어찌 아버지 같이 생각하지 않을 수 있겠습니까?"

"말씀이 과하십니다."

"아니요. 저는 그렇게 생각 하지 않습니다. 만약 안 집사님이 안 계셨다면, 전 망가지더라도 진즉 망가졌을 겁니다. 그러니까 아까처럼 나이가 들어서 은퇴를 해야겠다는 말은 하지 마세요. 전 아직 아저씨가 필요해요."

"도, 도련님……."

처음으로 안 집사님의 입에서 도련님이란 소리가 나왔다. 그 말은 감정선에 변화가 생겼다는 소리였다.

스윽!

손을 뻗어 커피 잔을 쥐고 있던 안 집사님의 손을 잡아줬다. 주름이 자글자글 했지만, 따뜻했고 포근한 느낌이 전해져 왔다.

"그러니까 앞으로 절 많이 도와주세요."

"아, 알겠습니다. 소신 백골이 되어 눈을 감을 때까지 최선을 다해 도련님께 힘이 되도록 하겠습니다."

안 집사가 굳게 결심이 서린 목소리로 말했다. 바로 그 순간이었다. 머릿속에 작은 두통이 일었다.

[〈신뢰를 얻어라.〉 안수홍의 신뢰를 얻으셨습니다.]

[임무 달성까지 남은 인원은 두 명입니다.]

[임무 성공에 따른 동기화가 향상됐습니다.]

[현재 동기화는 40%입니다.]

"뭐?"

아니 내가 뭘 했다고? 뭘 했다고 임무를 달성했다는 말인가? 내가 한 일이라고는 그냥 고마워서 안 집사님에게 감사의 말을 전했을 뿐인데?

그게, 그러니까 고작 그 말 한마디가 나를 위해 목숨을 걸 수 있을 정도의 신뢰를 만들었던 말인가?

믿기지 않았지만, 지금 내 앞에 앉아 있는 안 집사님의 얼굴을 보고 있자면 믿지 않을 수가 없었다. 당장이라도 붉어진 눈시울에서 닭똥 같은 눈물이 흘러내릴 것 같았기 때문이었다.

"후우, 말 한마디로 천 냥 빚을 갚는다고 하더니. 어른들 말씀이 틀린 게 없네."

"네?"

"아무것도 아니에요. 그보다 이제 슬슬 배고픈데, 집으로 돌아가서 식사라도 같이 하실까요?"

원래의 계획이라면, 백화점에서 김 비서의 선물을 사고 그 선물을 주면서 좀 더 가까워질 계기를 만들어보려고 했다.

하지만 뜻밖의 임무를 일부 달성하며, 동기화가 향상됨에 따라 머릿속에 떠오르기 시작한 기억의 일부를 정리할 필요가 있게 되었다.

게다가 조금 전 김태훈의 반응을 보면, 굳이 내가 선물을 고를 필요도 없을 것 같다. 현대처럼 택배 같은 건 없지만, 부탁만 하면 충분히 내가 원하는 것을 집으로 가져다 줄 것 같았다.

집으로 복귀한 시간은 오후 3시.

점심 먹을 시간이 상당히 지나기는 했지만, 부자의 좋은 점이 무엇인가?

손 하나 까딱하지 않고 말 한마디로 진수성찬 같은 음식을 받아먹을 수 있다는 것이다. 더욱이 오늘은 무려 이틀 만에 임무의 일부를 해결한 날이었다.

"안 집사님, 많이 드세요."

"회장님께서도 많이 드십시오."

내 앞에 놓인 반찬을 안 집사님 앞으로 밀어 드리자 어느 틈에 안 집사님이 다시 슬그머니 그 접시를 내 앞에 놓아줬다.

약간 쑥스러움이 들기는 했지만, 그렇다고 지금 이 순간 감춰야겠다는 생각이 들지는 않았다. 집사장인 한윤화가 외출을 했기 때문이었다.

'그런데 오늘 비번인가? 왜 출근을 안 했지?'

분명 어제 보이던 다른 메이드들은 다 보였는데, 문진희 그녀만이 집안을 둘러봐도 그 어디에서도 모습을 확인할 수가 없었다.

"후식은 어떤 걸로 준비해드릴까요?"

식사가 거의 끝나갈 때쯤 메이드가 다가와서 후식을 물었다.

"안 집사님, 뭐 드시겠어요?"

"이 늙은이는 숭늉이면 됩니다."

"그럼 숭늉이랑, 커피 준비해줘."

"알겠습니다."

고개를 끄덕인 메이드가 뒷걸음질로 주방을 벗어나려 할 때였다.

"참, 그런데 어제 그…… 진희 씨는 아직 출근 안했나?"

"네?"

"뭘 그렇게 놀래? 문진희 씨 출근 안했냐고 물었는데."

"저기 그게……."

뭔가 이상하다. 얼굴을 유심히 바라보니, 동공이 좌우로 흔들리고 있다.

손가락 역시 가만있지를 못하는 거로 봐서는 무언가에 대한 불안감을 느끼고 있는 게 분명했다.

"자네, 회장님께서 묻고 계시지 않은가!"

식사를 마치고 가만히 대기 중이던 안 집사님이 노한 음성으로 메이드를 꾸짖었다. 그러자 이내 그녀가 작은 한숨과 함께 입술을 살짝 깨물며 말했다.

"……그만뒀습니다."

"응? 그만뒀다고?"

분명 어제까지만 해도 그런 얘기는 일언반구도 없었다. 물론, 그만 두는 것을 굳이 내게 말할 이유는 없을 수도 있다.

그런데 상식적으로 당장 내일이면 그만 둘 사람이 집사장이 시켰다고 옷까지 벗어가며 내 시중을 들려 했을까? 다음 날이면 작별인데?

"집사장이 그리 하라고 지시했나?"

머릿속에 문득 스쳐 지나가는 생각. 집안에서 멀쩡하게 잘 지내는 직원을 하루 만에 해고할 수 있는 권한을 지닌 사람은 현재 회장인 나를 제외하고는 단 한 사람, 집사장 한윤화밖에 없었다.

"……."

"그 침묵은 긍정이라는 건데. 집사장이 대체 왜 그녀를 해고한 거야?"

사실 이 부분은 이해가 가지 않았다. 그녀가 나에게 큰 실수를 한 것도 아니고 그렇다고 내가 한윤화에게 따로 언질을 한 것도 없었으니까 말이다.

"……."

그녀는 이번에도 입술을 꽉 깨물고 쉽게 입을 열지 못했다.

"그렇게 계속 말은 하지 않는다고 해서 해결되는 게 아니야. 문진희는 그만 뒀고 그걸 지시할 사람은 집사장이며, 난 지금 그 이유에 대해서 궁금해 하고 있어. 말을 안 한다고 해서 그냥 끝날 거라고 생각해? 아니면, 지금 이 자리에 내가 집사장을 불러서 그 이유에 대해 들을까?"

털썩!

순간 그녀가 쓰러지듯 주저앉으며, 무릎을 꿇었다.

"죄, 죄송해요. 하지만 제가 발설했다는 것을 알면, 집사장님께서 절 가만두지 않으실 거예요."

공포에 질린 목소리. 그녀는 집사장 한윤화에게 거대한 두려움을 느끼고 있었다.

하지만, 그녀의 그런 행동은 자리를 잘못 잡았다. 지금 이 자리에 있는 사람이 나만 있다면, 그냥 넘어갈 수도 있었겠지만 이러한 행동을 용납 못할 사람이 한 명 더 있었기 때문이다.

드르륵-

"지금 뭐하는 겐가! 회장님께서 묻고 계시거늘 집사장이 무서워 대답을 하지 못하겠다고? 허…… 회장님, 당장 집사장을 이리로 부르겠습니다. 아랫것을 이리 교육시킨 죄를 당장 이 자리에서 물어야 합니다."

두근두근!

안 집사님의 말에 공감을 하는 것일까? 아니면, 이미 믿었던 한윤화가 자신에게 그런 짓을 했다는 것에 대해서 심한 배신감을 느끼고 있기 때문일까?

마치 귓가에 붙어 있는 것처럼 심장의 고동소리가 북을 치는 것처럼 크게 들려왔다.

[동기화가 향상되었습니다.]
[현재 동기화는 43%입니다.]

더욱이 이런 상황에서 조금 전부터 떠오르기 시작한 기억을 수습하지도 못했는데, 또 다시 동기화가 향상되었다.

'네 마음은 알았으니까, 이건 나한테 맡겨.'

상대가 이미 겁을 먹었는데 흥분을 하면, 오히려 역효과만 날 뿐이다.

오히려 이럴 때는 더욱 차갑고 냉정하거나 혹은 한 없이 부드러워야 한다는 것이, 사기꾼으로서도 탁월한 기질을 보였던 비도크의 판단이었다.

"집사장은 부르지 않을게. 그리고 오늘 이 자리에서 있던 일도 내 마음에 묻을 거고."

"회장님!"

안 집사가 당황한 듯 목소리를 높이자 손을 들어 뒷말을 제지했다.

"그러니까 무슨 일이 있었는지 차근차근 설명해봐. 거기에 그리 있지 말고 이리 와서 앉아서 말이야."

"……."

"만약, 이 일에 대한 걸로 불이익이 생기면 그 어떤 것이든 내가 책임져 줄게."

"저, 정말이신가요?"

그녀가 조심스레 물어오자 망설임 없이 고개를 끄덕였다. 그러자 마음을 정한 듯 자리에서 일어난 그녀가 빈 의자에 자리를 잡고 앉았다.

"여기 물."

마음을 진정하라고 내 앞에 놓인 냉수를 밀어주자 그녀가 기다렸다는 목을 축였다.

벌컥벌컥!

"후아……."

"이름이…… 최선아. 예쁜 이름이네."

"가, 감사합니다."

"그래, 그럼 이제 어제 대체 무슨 일이 있었는지 말해보겠어? 분명 어제 밤까지만 해도 진희는 일을 그만둘 것 같은 모습이 아니었는데?"

"그, 그게 어제 회장님과 식사가 끝나고 집사장님께서 따로 진희 씨를 창고로 부르셨어요. 저는 그때 마침 전구를 가지러 창고의 2층에 있었고요."

"계속해봐."

지금까지의 말로는 머릿속에 그려지는 그림이 없다. 최선아가 작게 고개를 끄덕이며, 계속 말을 이어나갔다.

"집사장님께서 그러셨어요. 왜 회장님께 술을 계속 권해 드리지 않았냐고요."

"술?"

그러고 보니 문진희가 몇 번 술을 권하긴 했다. 하지만 이미 그 전에 한윤화가 권한 술로 독에 중독됐다는 메시지를 봤기 때문에 최대한 술을 자제했었다.

"네, 그러자 진희 씨가 그렇게 말했어요. 회장님께서 술을 드시지 않겠다고 하셨다고요."

"맞아, 내가 그랬으니까."

"그때부터였어요. 건방지게 말대꾸를 한다는 것부터 시작해서 네가 멍청하고 바보같이 행동하니까 여자라면 사족을 못 쓰는…… 죄, 죄송해요."

"아니야. 뭐, 사실인데. 계속해봐."

괜찮다는 듯 고개를 끄덕여주고는 슬쩍 안 집사님의 얼굴을 살폈다. 아니나 다를까 안 집사의 얼굴은 당장이라도 폭발할 듯 붉게 달아올라 있었다.

'안 집사님도 한윤화에 대해서는 전혀 몰랐다고 봐야겠네.'

안 집사가 나를 위해 목숨을 걸 정도의 신뢰를 가지게 됐다는 것은 이미 시스템 메시지를 통해 확인했다. 그런 상황에서 지금의 모습이 연기일 가능성은 제로에 가까웠다.

"그렇게 한참을 혼내시다가 이상한 약 봉지를 내미셨어요. 그래도 회장님께서 너를 편하게 대하시는 것 같으니, 자리를 만들어 주면 틈을 보다가 물에 이 약을 타 넣으라고요."

"약?"

"네, 진희 씨가 무슨 약이냐고 물으니까 집사장님께서 그냥 남자의 몸에 좋은 약이라고……."

"몸에 좋은 약을 창고 같은 곳에서 은밀하게 줄 리가 없잖아."

입 안이 쓰다. 분명, 한윤화의 의심을 피했다고 생각했는데 그녀는 여전히 내가 이전과는 달라졌다고 생각하고 있는 것이다.

그게 아니라면, 내가 자신을 의심하기 시작했다는 생각을 가지게 된지도 모른다.

'하긴 아무리 비슷하게 흉내를 내려고 했어도 내가 이 몸의 주인은 아니니까.'

일, 이 년도 아니고 십 수 년. 게다가 애초에 믿음이 없는 상태로 형성된 관계라면, 100%의 동기화가 아닌 상태에서는 반응이 느리거나 실수가 나올 수밖에 없다.

몸은 1970년대 송지철의 것이라도 정신은 2016년에 사는 한정훈의 것이기 때문이다.

"그래서 문진희 씨는 그 약을 받았나?"

"아니요. 진희 씨는 그렇게 좋은 약이면 집사장님이 직접 회장님께 드리라고 했어요. 그렇게 말하니까 집사장님이……."

"그만. 그 뒷말은 안 들어도 지금 상황을 보면, 알 수 있으니까."

문진희가 해고당했다는 것만 봐도 그 다음을 상황은 충분이 유추가 가능했다.

'한윤화, 당신 대체 뭘 꾸미고 있는 거지?'

비록 부탁을 한 지 하루밖에 안 지났지만, 아무래도 김 비서에게 좀 더 빨리 조사를 해달라고 해야 할 것 같다. 그녀가 일을 진행하는 속도를 보면, 잠깐 방심하는 순간 여행은 실패로 끝나고 정산의 방에서 눈을 뜰 판이었다.

"저기 제가 이런 말씀을 드렸다는 사실은……."

"아까도 말했지만, 비밀은 지켜 줄 테니까 걱정하지 않아도 돼. 그보다 혹시 문진희 씨 휴대…… 아니, 집 주소는 아나?"

"네, 직원 기록부에 기입되어 있어요."

"좋아, 그럼 그것 좀 메모지에 적어서 나한테 가져다 줘."

최선아가 재빨리 고개를 숙이고는 식당을 벗어났다. 그러자 안 집사님이 분개 어린 표정으로 말을 이었다.

"회장님, 제가 당장 사람을 시켜 그년을 잡아오도록 하겠습니다. 불러서 그 약의 정체를 밝히는 것은 물론 아랫것들을 이리 교육 시킨 것에 대한 죄를 톡톡히 묻겠습니다."

"이번 일은 제가 알아서 할게요. 그보다 안 집사님은 해주실 일이 있어요."

"말씀하시지요."

"혹시 비밀 계좌를 하나 만들 수 있을까요? 이왕이면, 해외 쪽으로요. 음…… 백 년 정도는 지나도 안 망할 정도로 규모가 있어야 하고 그곳에 보관한 돈은 오로지 제가 정한 사람만 찾을 수 있었으면 좋겠는데, 가능할까요?"

송지철에게 세 명의 측근이 있다면, 한윤화, 안홍복, 김새미일 것이다.

하지만 이중에서 한윤화는 이미 배신자라는 것이 밝혀졌고 김새미는 그런 한윤화의 뒷조사와 사업체를 정리하며 자금을 만들 것이다.

이런 상황에서 내가 믿고 일을 맡길 수 있는 사람은 한 사람, 안 집사님 밖에 없었다.

'임무가 중요하기도 하지만, 이번 여행의 또 다른 목적은 미래의 내가 돈과 권력에 굴복하지 않고 당당하게 걸어 나갈 수 있는 첫 시작점을 만드는 거야.'

굶주린 인간은 동전 한 닢에 자신의 양심을 팔지만, 배부른 인간은 동전 한 닢으로 세상을 바꿀 생각을 한다.

'물론 공짜로 가져가겠다는 건 아니니까, 아쉬워하지는 말라고.'

몸에서는 아무런 반응이 없었다. 뭐, 반응이 있다고 해서 내 결심을 접을 생각은 없지만.

"해외의 비밀 계좌라, 으음. 소싯적에 이런 일을 전문으로 했던 친구를 알고 있습니다. 제가 한번 알아보도록 하겠습니다."

"고마워요. 부탁 좀 드릴게요."

"부탁이라니, 당치 않습니다. 이 늙은이가 회장님께 도움이 될 수 있는 일이 있어 그저 기쁠 뿐입니다."

부탁을 받은 안 집사님이 식당을 벗어나자 거대한 식당에는 나 혼자만이 남았다.

"자, 이제 그럼 뭐부터 진행해야 하나."

한윤화에 대한 조사는 김 비서에게 일임했다. 더욱이 사업체를 축소하고 자금을 확보하는 것까지.

이렇게 확보한 자금은 안 집사님을 통해 미래의 나를 위한 해외의 비밀 계좌에 보관할 생각이다. 여기까지 대략적인 큰 그림이 잡혔고 현재까지 내게 남은 기일은 약 12일이었다.

"근데 아무래도 뭔가 중요한 걸 놓치고 있다는 생각이 든단 말이야."

김 비서에 대한 송지철의 마음?

이건 뭐 기존에 쌓인 오해만 풀어도 엎드려 절을 받아야
되는 일이다. 더욱이 애초에 이 문제를 풀기 위해서는 그날
송지철이 김 비서를 호텔로 부른 경위를 조사해야 한다.

"으음."

이리저리 생각나지 않는 기억을 떠올리기 위해 애를 쓸
무렵.

"회장님, 말씀하신 주소 가져왔습니다."

최선아가 주소가 적힌 종이를 가져와 내게 내밀었다.

"노량진? 내가 아는 그 노량진인가."

"네?"

"아니야, 아무것도. 음…… 그보다 강 기사 좀 불러주겠
어?"

평상시에는 안 집사님이 운전을 해줬지만, 그건 어디까
지나 수행을 위해서였다. 송지철의 기억을 보면 집안의 운
전기사는 강 기사라고 해서 따로 있었다.

"저기 혹시 진희 씨 집에 찾아갈 생각이신가요?"

"이거 너무 티가 났나?"

사실 미안한 마음이 들지 않으면, 거짓일 것이다. 내가
아닌 원래의 송지철이었다면 문진희를 거절할 리 없었을
것이고 그렇다면 한윤화가 그녀를 해고하는 일도 벌어지지
않았을 것이다.

다시 말해서 그녀가 해고당한 결정적인 원인을 제공한
것은 바로 나였다.

"그럼, 저도 같이 가면 안 될까요?"

"같이 가자고?"

"……사실 진희가 절 많이 따랐거든요. 그런데 이런 일이 생기고 아무런 도움도 못 주고 그랬던 게 너무 미안해서요."

"혼자 가기 심심할 뻔 했는데, 잘 됐네. 강 기사에게 말해두고 가서 준비해서 나와. 같이 가보게."

"금방 준비해서 나올게요!"

최선아가 종종 걸음으로 식당을 벗어나자 그 뒷모습을 잠시 바라보다가 나 역시 이내 자리에서 일어섰다.

드드륵!

"흐음, 그런데 빈손으로 가긴 그렇고 선물은 뭘 사가야 할까?"

부자의 좋은 점이 무엇인지 또 하나 알게 됐다. 일반적으로 선물을 산다면, 보통 많은 고민을 하게 된다. 고기를 살까? 과일을 살까? 아니면 홍삼 같은 건강식품을 살까?

여러 가지 선택지를 놓고 고민을 하고 결정에 대한 스트레스를 받다가 결국은 한 가지 물품을 사게 된다.

하지만 부자는 애초에 그런 것을 고민할 필요가 없다. 그냥 생각난 물건을 전부 사 버리면 되는 것이다. 즉, 스트레스를 받을 이유가 없는 것이다.

하지만 문진희의 집 근처에 도착하자 내가 전혀 생각지 못한 문제가 발생했다.

"헉헉……."

"크윽……."

비좁은 골목의 언덕길을 두고 남자 두 명의 입에서 앙다 문 입술 사이로 가쁜 숨소리가 쉬지 않고 흘러 나왔다.

하나는 나의 것이고 다른 하나는 운전기사인 강문식의 것이었다.

"두, 두 분 괜찮으세요?"

옆에서 따라 걸어 올라가던 최선아가 손에 들고 있는 손 수건으로 내 이마에 흘러내리는 땀방울을 닦아 줬다.

"후우, 후우. 강 기사, 조금 쉬었다 갑시다."

"네, 회장님."

말이 끝나기가 무섭게 강 기사가 들고 있던 박스를 손에서 내려놓으며, 굽어졌던 허리를 쭉 폈다.

우드득!

그 모습을 슬쩍 보다가 나 역시 손에든 봉지와 쇼핑백을 내려놓고 굽었던 허리를 피고 연신 좌우로 움직였다.

"끄응, 이러다 골병 나겠네."

"아무래도 저희가 물건을 너무 많이 산 것 같아요."

최선아의 말대로 물건을 많이 사기는 했다. 고기와 과일은 기본이고, 노량진 시장이 인근에 있어서 생선과 쌀도 좀 샀다.

그리고 날씨가 제법 추워서 혹시나 하는 마음으로 겨울 옷도 몇 벌을 샀다.

어차피 짐을 옮기는 것은 차라고 생각했고 집 앞에서 몇 번 왔다 갔다 하면, 금방 옮길 수 있을 것으로 생각했기 때문이었다.

만약 문진희가 사는 곳이 흔히 말하는 옥탑방인 줄 알았다면, 절대 이만한 양의 선물은 사지 않았을 것이다.

"후우. 그래도 이제 반 정도만 올라가면 될 것 같습니다.

강 기사가 고개를 돌려 걸어온 거리와 남은 거리를 가늠하더니 입을 열었다.

그의 말대로 앞으로 반 정도만 더 가면 고지에 도착할 것 같았지만 문제는 그때까지 과연 이 몸의 두 다리와 허리가 버텨 줄 것 인가였다.

"회장님, 제가 내려가서 도와줄 사람이라도 찾아볼까요?"

"아니."

보다 못한 최선아가 조심스레 의견을 말했지만, 단호히 고개를 저었다.

"남자가 이 정도쯤은 들어야지. 그렇죠, 강 기사?"

"물론입니다. 이쯤은 들어야 남자 아니겠습니까?"

질문을 받은 강 기사가 부들거리는 볼을 진정시키고 애써 미소를 지었다. 아마 모르긴 몰라도 강 기사 역시 지금의 나와 같은 생각을 하고 있을 것이다. 남자의 자존심이 대체 뭐 길래.

짐을 옮기기 시작한 지 30분쯤 지났을까?

영하의 겨울 날씨에도 불구하고 외투를 벗고 땀을 한 바가지나 흘리고 나서야 겨우 목적지에 도착할 수가 있었다.

"헉헉. 여기가 맞는 거지?"

정말이지 처음으로 입에서 단내가 난다는 것이 어떤 것인지를 느꼈다. 그 힘든 구조 현장에서 느끼지 못한 피로감을 고작 몇 kg의 짐을 들고 몇 백 미터의 언덕을 올라갔다고 느낀 것이다.

누군가 듣는다면, 말도 안 되는 소리라고 할 수 있지만 애초에 저질 체력. 아니, 체력이라고 말하는 것조차 웃긴 건강 상태를 보유한 송지철의 몸으로는 이조차 대단한 업적이었다.

'이런 건강으로 밤일은 잘할 수 있는 거냐?'

문득 송지철이 여자라면 사족을 쓰지 못했다는 말이 떠올랐다. 하지만 내가 볼 때 이런 건강상태라면, 돈으로 여자에게 환심을 살 수 있을지는 몰라도 사랑을 나누다가 소박을 맞을 판이었다.

"네, 주소에 적힌 게 사실이라면 여기가 맞아요. 그런데……."

최선아가 난감한 듯 손가락으로 가리키는 집은 소위 말하는 판자촌이었다.

벽돌을 대충 쌓아 벽을 세우고 나무로 지붕을 만든 그런 집 말이다. 나 역시 TV나 영화를 통해서 봤을 뿐 실제로 보는 것은 처음이었다.

"음…….."

잠시 집 앞에 가져왔던 짐을 내려놓고 입에 고인 침을 삼킬 때였다.

끼이익!

"누구세요?"

문 뒤쪽에서 낮익은 목소리가 들림과 동시에 삐걱거리는 소리와 함께 잔뜩 녹이 슨 철 대문이 열렸다.

"……!"

"아, 안녕?"

열린 문사이로 보인 것은 유난히 큰 눈을 자랑했던 문진희의 얼굴이었다.

그녀는 놀란 기색이 가득한 표정으로 눈을 몇 번 깜박거리더니, 이내 당황한 듯 왼손으로 입을 가리고 오른손은 나를 가리켰다.

"어…… 어…….."

쾅!

그리고 이어진 행동은 녹슨 대문이 부서지라 문을 닫는 것이었다.

황당한 마음에 볼을 긁적거리며, 내 뒤에 서 있던 강 기사와 최선아를 쳐다봤다. 하지만 그들도 당황한 것은 마찬가지였던 것 같다.

"제, 제가 말해볼게요."

최선아가 한 발 앞으로 나서면서 추위 때문에 주머니에 넣었던 손을 꺼내 대문을 두드렸다.

똑똑!

"진희야, 나 선아 언니야!"

몇 초가 지났을까?

문 뒤쪽에서 당황한 것 같은 목소리가 흘러 나왔다.

"선아 언니?"

"그래, 언니야."

끼익.

그리고 다시 문이 열렸다.

"언…… 회, 회장님! 회장님이 어떻게……."

최선아를 보고 반갑다는 듯 문 밖으로 나서려던 문진희가 내 얼굴을 확인하더니, 다시금 깜짝 놀라며 양손으로 얼굴을 가렸다.

"지금 모습이 훨씬 잘 어울리네."

비록 지금의 모습은 떡이진 머리에 솜이불을 몸에 칭칭 감은 모습이긴 했지만, 메이드 복이 아니고 화장기가 없는 지금 이 상태의 그녀 얼굴이 훨씬 예뻤다.

"노, 놀리지 마세요."

"난 진심으로 말하는 건데."

"그보다 언제까지 이렇게 밖에 세워 둘 거야?"

"아! 근데 집이 많이 누추해서……."

"허락한 걸로 알고 들어간다. 강 기사, 선아 씨 날도 추운데 우리 들어갑시다."

집이 누추하다는 것만 봐도 안다. 하지만 그런 것을 신경 쓸 것이었다면, 애초에 주소를 알아내서 찾아오지도 않았을 것이다.

애초에 나 역시 슈퍼에 붙은 단칸방에서 아버지와 생활을 했었다.

어린 시절에는 친구들도 불러오지 못하는 그런 집이 너무 싫었지만, 나이를 하나 둘 먹을수록 깨닫게 됐다.

등을 눕히고 비와 눈을 막아줄 수 있는 집이라도 있는 것이 행복하다는 사실을 말이다.

저벅저벅!

가져온 짐을 챙겨서 집 안으로 들어서자 주방과 방으로 구분되어 있는 집안의 모습이 눈에 들어왔다.

주방의 크기는 한 사람이 간신히 누울 정도였고 방은 세 사람 정도가 서로 다닥다닥 붙어 눕는다면, 간신히 잠을 청할 수 있을 정도의 공간이었다.

하지만 그럼에도 그녀의 성격을 보여주듯 방안은 거미줄이나 먼지 하나 없이 깔끔히 정리되어 있었다.

"저기 짐은 어디에다 둘까요?"

강 기사가 쌓다쌓다 도무지 둘 곳이 없는 짐을 보며 물었다.

"뭐가 들었어요?"

"이 상자에는 과일이 들었고 저 상자에는 고기가 들었습니다."

"고기가 든 상자는 이리 주시고 과일이 든 상자는 문 앞에 두시면 되요."

"여기에는 생선이 들었는데…….."

"그것도 문 앞에 두시면 되요. 날이 추워서 어지간한 음식은 문 밖에 둬도 상하지 않거든요."

문진희는 상자에 들어 있는 물건이 무엇인지 하나씩 따지다니, 어떤 것은 안으로 두고 어떤 것은 문 밖에 쌓아 뒀다. 그것을 지켜보던 최선아가 의아하다는 듯 물었다.

"그러다 누가 훔쳐 가면 어떡해?"

"이런 판자촌까지 누가 뭘 훔치러 오겠어요. 만약, 훔쳐 가면 같은 동네에 사는 사람일 텐데. 그 분들이라면, 가져가시더라도 괜찮아요. 서로 돕고 사는 처지니까요. 아! 물론 비싼 건 이렇게 안에다 들여 놨잖아요. 헤헤."

야무지게 말하는 그녀를 보고 있자니, 어쩐지 가슴 한편에서 따듯한 뭔가가 치밀어 올랐다.

"회장님, 이리 앉으세요. 그나마 여기가 아랫목이라 따듯해요."

"괜찮아. 대충 앉으면 되지. 다들, 짐 정리가 어느 정도됐으면, 자리에 앉아."

손으로 앉으라는 제스처를 취하자 서로를 바라보던 세 사람이 이내 적당한 자리를 잡고 바닥에 엉덩이를 붙였다.

"후유. 그나저나 올라오느라 죽는 줄 알았네."

"죄송해요, 회장님."

"아니, 그냥 무심코 던진 한마디에 죄송하다고 하면 내가 할 말이 없잖아."

"그, 그게……."

"무슨 말을 제대로 못하겠네. 그나저나 여기서 혼자 자취하는 건가?"

질문을 받은 문진희가 잠시 망설이다가 이내 어두운 표정으로 입을 열었다.

"원래는 동생과 함께 살았어요."

"동생?"

"네, 이제 고등학생이에요."

"음……."

방안을 슬쩍 살펴보니 그녀의 말대로 고등학교 학생의 책으로 보이는 물건들과 벽면 한쪽에 걸린 교복이 보였다.

"그럼, 지금은 학교에 있겠네."

"저기 회장님…… 진희 씨 동생은 몸이 좋지 않아 병원에 있습니다. 부모님은 예전에 돌아가셨고요."

눈치를 보던 최선아가 슬그머니 문진희의 가족사에 대해 설명을 해줬다.

'이런, 망할.'

얼굴에 그늘 한 점 보이지 않았기에 가족사에 큰 문제가 있을 것이라고는 생각 못했는데, 그게 아니라 그저 문진희의 성격이 밝았던 것이다.

"미안."

"회장님이 왜 미안해요! 전 아무렇지도 않은 걸요. 그나저나 회장님, 여기는 어떻게 오신 거예요? 저 많은 선물은 또 뭐고요?"

문진희가 주방에 잔뜩 쌓인 상자와 봉지를 보며 되물었다. 활발한 그 모습을 보고 있자니, 미안했던 마음이 한결 꺾이며 미소가 흘러나왔다.

"첫 인사인데 저 정도가 뭐 대수겠어?"

"고맙습니다. 회장님. 조금 이르기는 하지만, 정말 산타가 있기는 있나 보네요."

"응?"

"얼마 안 있으면 크리스마스잖아요."

"아!"

하긴 미도파 백화점을 방문했을 때도 크리스마스가 얼마 남지 않은 덕분인지 곳곳에 트리와 엽서가 가득했었다.

"뭐, 의도치는 않았지만 크리스마스 선물이 된 셈인가. 그런데 내가 이곳이 온 진짜 이유는 그게 아닌데."

"네?"

"집사장이 나오지 말라고 했다며?"

굳이 서로 모든 사실을 알고 있는데, 굳이 빙빙 돌려서 말할 필요는 없다. 하지만 내가 이렇게 당당히 말할 줄 몰랐는지 최선아와 문진희의 얼굴에는 당황스러운 표정이 떠올랐다.

"회, 회장님 그게 그러니까."

"이미 다 들어서 알고 있으니까 굳이 설명할 필요는 없어."

"……."

"복귀해."

"네?"

"집사장이 해고했다고는 하지만, 집사장 역시 내가 고용한 사람이야. 그럼, 집사장이 고용한 진희 씨를 복직시키는 것 또한 내 마음대로 할 수 있는 게 맞는 거 아니겠어? 고용주의 고용주니까."

"하지만 회장님……."

"무서워서 그래?"

스윽!

문진희와 최선아의 표정을 보다가 강 기사의 얼굴을 봤다. 그러자 강 기사가 무슨 뜻인지 알겠다는 듯 가벼운 미소를 지었다.

"제가 이곳에서 일할 수 있었던 것 안 집사님 덕분입니다."

길지 않은 말이었지만, 가장 믿을 수 있는 표현이기도 했다.

'역시 내 예상이 맞았어. 비록 안 살림은 한윤화가 쥐고 있었지만, 그 바깥에 대한 건 안 집사님이 가지고 있던 거야.'

어째서 송지철의 아버지인 송무송이 고령의 나이에도 불구하고 안 집사를 그의 곁에 꼭 붙여 놨는지 이해가 됐다.

"무서워 할 필요 없어. 만약, 집사장이 뭐라고 하면 내가 고용을 했다고 그래. 그래도 뭐라고 한다면, 그녀를 해고하면 되겠네."

"네?"

"회장님?"

당황한 듯 반문을 토해 내는 두 사람. 특히 문진희의 반응은 더 컸다. 자신을 위해서 집사장을 해고할 수 도 있다고 말했기 때문일 것이다.

"집사장이 진희 씨한테 나한테 좋은 약이 있다고 그걸 먹이라고 권했다며?"

"그걸 어떻게……."

굳이 여기서 그 사실을 최선아가 알려줬다고 말할 필요는 없었다.

"어떻게 알았느냐가 중요한 게 아니지. 그녀가 나도 모르는 사이 그런 행동을 했다는 게 중요한 거야. 만약 그게 독이어서 내가 먹고 죽었으면?"

"회, 회장님 저는 그게 그러니까……."

"탓하려고 이런 말을 하는 게 아니야. 단지 만약 그런 일이 생겼다면, 그 죄는 누가 뒤집어썼을 것 같아?"

여기 이 자리에 모여 있는 사람들은 바보가 아니다. 다시 말해서 내가 말하는 뜻을 이해 못할 사람은 없다는 것이다.

"진희 씨가 아무리 억울하다고 외쳐도 과연 누가 그 말을 믿어줄까? 모르긴 몰라도 나정도 위치에 있는 사람을 독살했다고 하면, 십 년…… 아니지. 어쩌면 무기징역을 선고받고 감옥살이를 하게 될 걸?"

"안 돼요!"

문진희가 버럭 소리를 질렀다. 하지만 그도 잠시, 얼굴이 빨갛게 달아오른 그녀가 고개를 푹 숙였다.

"그러니까 그게…… 전 절대 감옥에 가면 안 돼요."

"감옥에 가는 걸 원하는 사람은 없어."

"그게 아니라 전 동생을……."

"아, 맞아. 동생이 아프다고 했었지."

그러다 문득 신파극에서 봤던 장면이 슬며시 머릿속에 떠올랐다.

"……혹시나 해서 묻는 건데. 동생이 걸린 병이 백혈병은 아니지?"

"회, 회장님이 그걸 어떻게 아세요?"

문진희가 놀란 표정과 함께 양손으로 입을 가렸다.

"하……."

그리고 그 대답을 들은 헛웃음이 흘러나왔다.

'드라마가 모두 판타지는 아니네.'

벅벅!

잠시 습관적으로 머리를 긁적거리다가 이내 입가에 미소를 지었다. 생각해보니, 지금의 나에게 어려운 사람을 도와

주는 일은 그다지 어려운 게 아니었다.

"내일, 아니 한 삼일 쉬다가 출근해. 뭐, 휴가라고 생각하면 되겠네."

"회장님 그게……."

"그리고 동생 치료비는 내가 지원해줄게."

"네? 회장님이 왜요?"

놀라는 최선아와 강 기사를 뒤로하고 문진희는 이해가 가지 않는 표정으로 물었다.

"저기 원래 이런 상황에서는 그냥 '고맙습니다.' 라고 하지 않나?"

"아니, 고마운 건 고마운 건데 회장님이 저한테 이렇게까지 해주실 이유는 없잖아요? 저기 혹시……."

"혹시?"

잠시 망설이던 문진희가 부끄러운 표정으로 말했다.

"저 좋아하세요?"

"아니."

이건 비단 내 감정에 국한된 얘기가 아니다. 실제로 송지철 역시 문진희에게는 아무런 감정이 없었다.

그 예로 김 비서를 볼 때와는 달리 문진희를 보고 있을 때는 심장에서 아무런 반응이 없었다.

"너무 단호하신 거 아니에요?"

"사실이니까. 그리고 내가 동생 병원비를 지원해주겠다는 건 고용주로 직원에 대한 서비스. 그래, 일종의 복지인 셈이야."

"복지요?"

"그래, 그러니까 쓸데없는 생각하지 말고 삼일 뒤에 출근하도록 해. 동생 치료비는 내가 안 집사님에게 말해두도록 할 테니까."

"……진심 맞으시죠?"

"속고만 살았나."

"가, 감사합니다. 감사해요, 회장님. 정말 이 은혜를 어떻게 갚아야 할지……."

"은혜는 이미 갚았잖아."

"네?"

씨익!

자연스레 입술의 한쪽 꼬리가 올라갔다.

"그때 창고에서 한윤화가 건넨 약을 거절한 시점에서 말이야. 그게 진짜 독약이었고 진희 씨가 내 음식에 그걸 넣었다면, 난 여기 이렇게 있지 못했겠지."

또르르!

문진희의 눈가에서 눈물이 볼을 타고 흘러내렸다. 슬픔의 눈물은 아니다. 그녀의 입가에는 미소가 가득 했으니까.

"……약속할게요."

"어?"

"언젠가 제가 회장님을 도울 일이 있다면, 비록 가진 것은 아무것도 없지만 그 무엇이 됐든 아까워하지 않고 도울게요."

바로 그 순간이었다.

[〈신뢰를 얻어라.〉 문진희의 신뢰를 얻으셨습니다.]

[임무 달성까지 남은 인원은 한 명입니다.]

[임무 성공에 따른 동기화가 대폭 향상 됐습니다.]

[현재 동기화는 50%입니다.]

[동기화가 50% 넘어 지금부터 정착자의 특성을 일부 사용할 수 있습니다.]

[현재 사용 가능한 특성은 '진실과 거짓' 입니다.]

[개화된 정착자의 특성은 TP 포인트를 소모해 정산의 방에서 구매 가능합니다.]

'뭐야, 이거?

설마 이렇게 또 한 명의 신뢰를 달성할 수 있을 것이라고는 전혀 생각 못했다. 게다가 특성 또한 지금까지와는 전혀다른 종류의 것이었다.

'진실과 거짓?

〈진실과 거짓〉

고유: Passive

등급: A

설명 : 태어나서부터 자신이 가진 돈을 노리고 접근하던 사람들로 인해 숱한 배신을 당하고 끊임없이 주변의 사람을 의심해야 했던 송지철의 고유 특기입니다.

효과: 상대의 말에 집중하고 있을 경우 진실과 거짓을 구분할 수 있습니다. 대상이 하는 말이 진실일 경우에는 몸에서 파란색의 기운이, 거짓일 경우에는 붉은색의 기운이 강합니다.

"대박……."

"네?"

나도 모르는 사이 입 밖으로 말이 흘러나왔다. 곁에 있던 사람들이 고개를 갸웃거리며, 이상하다는 쳐다봤지만 지금의 내게는 그들의 표정이 제대로 보이지 않았다.

진실과 거짓은 지금까지 내가 얻은 특성 중에서 가장 높은 등급의 스킬이었다.

더욱이 그 효과는 높은 등급만큼이나 실용적인 스킬이었다.

"저기 진희 씨, 오늘 아침에 뭐 먹었어?"

질문을 던짐과 함께 신경을 곤두세워 이내 흘러나올 그녀의 대답에 집중했다.

"네? 갑자기…… 그냥 콩나물국이요."

순간, 문진희의 몸에서 푸른 기운이 피어올랐다가 사라졌다.

"강 기사와 선아 씨는요?"

이번에는 그저 별 다른 생각 없이 다른 두 사람에게 질문을 던졌다.

"저는 북어국 먹었습니다."

"저는 생각이 없어서 굶었어요."

고개를 돌려 두 사람을 쳐다봤지만, 이번에는 아무런 기운도 보이지가 않았다.

'이런 식으로 사용할 수 있다는 거구나. 설마 최저의 능력치를 가진 송지철에게서 이런 대단한 스킬을 얻게 될 줄이야.'

한편으로는 이런 기구한 능력을 가질 수밖에 없었던 그의 환경에 안타까움이 들었다.

얼마나 주변에 사람들이 달라붙어 그의 마음을 흔들고 배신했기에 주변 사람의 말이 진실인지 혹은 거짓인지를 파악하는 능력을 갖추게 됐을까?

어쩌면 송지철이 이런 성격을 갖추게 된 것은 그의 본성이 그러했기 때문이기 보다는, 주변의 환경이 그래서였던 것일지도 모른다.

'이 능력만큼은 꼭 정산의 방에서 구입해야 돼. 앞으로 내가 하는 일에 있어서 분명 큰 도움이 될 거야.'

하지만 능력의 등급이 A인 만큼 정산의 방에서 구매하기 위해서는 상당한 포인트가 필요할 것이 자명했다.

어쩌면 이번 임무로 달성한 포인트만으로도 부족할 가능

성도 있다.

'준, 그 녀석에게서 빌린 포인트도 갚아야 하니까. 그나저나 이렇게 되면, 진실의 동전은 괜히 구입한 거나 마찬가지잖아?'

세일이라는 말에 혹해서 구입한 진실의 동전 가격은 800 포인트. 그 효과는 다섯 번에 한해서 상대방의 말이 진실인지 거짓인지를 파악할 수 있는 물건이다.

하지만 이미 그 기능을 갖춘 능력을 얻게 됐으니, 굳이 동전을 사용할 필요성이 사라졌다.

'설마 준…… 이렇게 될 줄을 미리 알고 있었던 건 아니겠지?'

머천트 준. 지금까지 몇 번을 만나며 대화를 나눴지만, 난 아직 녀석이 무슨 목적과 생각을 가졌는지 감조차 잡지를 못했다.

그래도 한 가지 분명한 것은 머천트 준이 나에게 무조건적인 호의를 보이고 있는 것만은 아니라는 사실이었다.

'아무튼 결론은 이번 임무는 최대한 빨리 달성하는 것보다 포인트 획득에도 신경을 써야겠어. 지금까지 세 사람 중에서 두 사람의 신뢰를 달성했으니, 자칫 또 누군가의 마음을 얻어버리면, 그대로 임무가 끝나버리겠지. 그러면 자칫 스킬을 구매하는 데 있어 포인트가 모자를 수도 있으니, 앞으로는 친절도 좀 조심해서 베풀어야겠다.'

여유가 있기 때문에 베풀 수 있는 친절이었지만, 앞으로는 조금 신중해 할 필요가 있을 것 같다.

'뭐, 그래도 이번 임무에서는 크게 다치는 사람도 없고 생각보다 잘 풀리고 있는 것 같네.'

첫 번째 여행에서는 임진왜란의 한복판에 있었으며, 두 번째 여행에서는 억울하게 죽은 고인의 비밀을 밝혀야 했다.

세 번째 여행에서는 훈련 교관이 되어서 훈련생들의 목숨을 책임져야 했고 네 번째 여행에서는 수백 수천의 목숨을 양 어깨에 짊어지고 구조 활동을 벌여야만 했다.

그런 상황에 비한다면, 지금은 오히려 내가 깃든 이 몸의 목숨만 책임지면 되니, 오히려 마음의 큰 짐을 덜었다고 볼 수 있었다.

"저기 회장님, 무슨 생각을 그렇게 하세요?"

"응? 아, 미안. 잠시 뭐가 떠올라서."

정신을 차리고 주변 사람을 불러보니, 아무래도 나 혼자 너무 깊은 생각에 빠져 있던 것 같다.

"자, 어쨌든 대충 내 의사는 전달한 것 같으니까 난 조금이라도 일찍 돌아가서 안 집사님에게 동생을 도울 방법을 찾아봐달라고 말씀드릴게. 하루라도 빨리 치료를 받는 게 좋을 테니까."

"가, 감사합니다!"

"감사 인사는 아까 많이 받았으니까 그만하고. 그럼, 삼일 후에 보자고. 강 기사, 선아 씨. 우린 이제 그만 갑시다."

내가 먼저 자리에서 일어서자 세 사람 역시 뒤 따라 일어나 문 밖으로 따라 나왔다.

"날도 추운데 멀리 나올 필요 없어."

"하지만……."

"삼일 뒤에 보자. 그럼."

가볍게 오른손을 흔들어 작별을 고하고는 힘들게 올라왔던 오르막길을 가벼운 마음과 몸으로 내려갔다. 하지만 이때의 나는 몰랐다.

지금까지 순조롭게 풀린 상황은 그저 운이 좋았을 뿐, 여행은 이제 시작이라는 것을 말이다.

Chapter 35. 다가오늘 불길함

1970년대로 여행을 온 지도 5일이 지났다. 남은 시간은 약 9일. 현재 동기화는 50%로 수치상으로 보자면, 송지철이 가진 기억의 절반 정도를 획득했다고 볼 수 있다.

"물론 정작 큰 수확들은 따로 있지."

첫 번째는 누가 뭐래도 동기화 50%를 달성하고 얻게 된 능력 진실과 거짓이었다.

해당 능력을 얻음으로 상대방의 말을 통해 무엇이 진실이고 거짓인지를 알게 되니, 그에 따른 대처를 하기가 너무나도 수월했다.

예를 들어 첫 날 한윤화가 나에게 몸에 좋은 술이라고 건넸던 그 술은 사실 약이 타져 있었다. 하지만 난 그 사실을 술을 마시고 시스템의 메시지가 알려주고 나서야 깨달았다.

하지만 바로 어제, 한윤화는 또 다시 내게 몸에 좋은 귀한 술이라며 고풍스러워 보이는 자기병에 담긴 술을 내밀었다.

"쭉 들이키세요. 몸에 좋은 것들이 많이 들었으니, 효과가 바로 나타날 거예요."

그리고 바로 그 순간 그녀의 몸에서는 진하고 강렬한 붉은색 기운이 피어올랐다가 사라졌다.

당연히 그 기운이 의미하는 것은 거짓. 속이 좋지 않다는 것으로 거절하기는 했지만, 그 찰나의 순간 한윤화는 내가 지금까지 보지 못했던 가장 싸늘한 표정으로 날 쳐다봤다.

다수의 여행을 통해 여러 경험을 겪은 나조차 순간 심장이 철렁거렸을 정도였다.

"조금 있다가 김 비서가 그간 조사한 내용을 가지고 온다고 했으니까. 우선 그걸 보고 빠르게 다음 전략을 세워야겠지. 그리고 정리된 재산도 안 집사님이 알아온 곳으로 옮겨야 하니까."

두 번째 수확. 그것은 바로 내가 부탁했던 대로 안 집사님이 스위스에 있는 은행에 비밀 계좌를 준비해 온 것이다.

조건부로 입금 가능한 그 계좌는 본인이 돈과 물건을 맡겼어도 초기 걸어 놓은 조건이 해당되지 않으면, 설사 본인이라 할지라도 해당 물건들을 찾을 수 없도록 시스템이 설계되어 있었다.

따라서 앞으로 9일 뒤. 내가 이 몸을 떠난다고 해도 조건만 잘 설정해 놓는다면, 혹 송지철이 변심을 하더라도 그 물건은 안전하게 미래의 나에게 전달될 것이다.

"으음, 좋아. 모든 게 다 순조롭게 풀려가고 있어. 여행이 매번 이랬으면 좋겠네."

양 손을 쭉 들어 올려 기지개를 펴며 굳은 목을 좌우로 움직였다.

매번 이렇게 주변의 누가 죽지도 다치지도 않고 혹은 역사를 바꿀 필요도 없다면, 이런 식으로 계속 여행을 다니는 것도 괜찮은 것 같다.

어쨌든 여행을 통해 얻게 되는 것은 사소한 것 하나라도 미래의 나에게 모두 도움이 되는 것들이기 때문이다.

"그런데 꼭 중요한 것을 잊어 먹은 기분이 든단 말이야."

분명 순조롭게 일이 풀려가고 있기 때문에 마음은 편했다. 그런데 이상하게도 마음 한 구석에 알 수 없는 불안감이 있었다.

왜 그런 느낌 있지 않은가?

입안에 생긴 좁쌀보다 작은 혓바늘의 존재를 몰랐다가 어느 순간 깨닫게 되면, 그렇게 신경이 쓰이는 것처럼 말이다.

그때가 되면 아무리 무시를 하려고 해도 뇌리에 각인이 되어 계속 신경이 쓰이게 된다. 현재 마음 한 구석에서 느껴지는 찝찝함도 그러했다.

　똑똑!

　"들어와."

　한창 마음속 찝찝함에 집중하고 있을 무렵 문 너머에서 노크 소리가 들려왔다.

　"좋은 아침이에요, 회장님. 밤새 안녕히 주무셨어요?"

　방 안으로 들어온 사람은 한윤화였다.

　"뭐, 그냥 그렇지. 아침 먹으라고?"

　"그런 것도 있지만, 여쭤보고 싶은 게 있어서요."

　"응?"

　"오늘 아침에 문진희 씨가 출근을 했더라고요. 그녀는 일처리가 미흡해서 제가 분명 그만 나왔으면 좋겠다고 했던 분인데, 어찌된 영문인지 물어보니 회장님께서 다시 출근을 하라고 하셨다면서요?"

　"응, 그랬어."

　"저기 회장님. 이런 말씀을 드려서 죄송하지만, 집안의 사람을 고용하고 부리는 일은 전대 회장님께서도 저에게 전적으로 권한을 주셨던 부분입니다."

　내가 순순히 사실을 인정하자 그녀는 무척이나 서운하다는 표정으로 말문을 열었다. 마치 이번일은 네가 잘못한 일이니 어서 나에게 사과를 해라는 투로 말이다.

"그런데 이렇게 회장님이 나서셔서 제가 이미 해고한 사람을 다시 부르시는 것은 아랫사람에 대한 제 권위가 실추되는 일이에요. 앞으로 혹 이러실 생각이라면, 적어도 저에게 미리 말씀을……."

"집사장."

"네?"

"회장인 내 권위와 당신의 권위 중 뭐가 더 중요해?"

"……!"

설마 내가 이렇게 노골적으로 물어볼 줄은 몰랐던 것일까? 한윤화의 동공이 크게 흔들리는 것이 보였다.

"게다가 이 집안의 주인은 나고 집사장도 내 밑에서 일하는 사람이야. 그런데 고작 집사장 밑에서 일하는 사람을 다시 복직시키는 일 가지고 내가 집사장에게 일일이 말을 해야 하나? 그런 거야?"

"……죄송합니다. 회장님. 제가 생각이 짧았던 것 같습니다."

입술이 부르르 떨리더니, 한윤화가 곧장 사과를 했다. 그녀가 제 아무리 계략을 꾸미고 있다고 해도 어찌됐든 지금 이 집안의 주인은 나였다.

여기서 내가 기분이 상해서 그녀를 해고하겠다고 해도 문제 될 것은 아무것도 없는 것이다.

'하지만 대체 무슨 생각으로 이런 짓을 벌인 것인지 알기 전까지 그럴 생각은 없어. 이제는 그 이유가 나도 궁금

해졌거든. 단지 이 녀석이 가진 재산이 탐나서인지, 혹은 다른 이유가 있는 것인지.'

남은 시간은 9일.

그 안에 철저하게 그 진실을 밝혀낼 생각이다.

'그러니까 오늘은 우선 여기까지.'

저벅저벅!

앉아 있던 침대에서 일어나 한윤화에게로 걸음을 옮겼다.

"아줌마."

"네?"

아줌마라는 표현은 평소 송지철이 한윤화에게 유난히 친근함을 과시할 때 사용하는 표현이었다.

"서운했다면 미안해. 하지만 난 그녀가 꽤 마음에 들었거든."

"그게 무슨 말씀이신지……."

"맛있는 과자는 원래 천천히 먹는 법이잖아. 그런데 그렇게 쫓아내니까 내 마음이 어떻겠어? 그날도 참 힘들게 참았는데."

"아!"

한윤화의 입에서 작은 탄성이 터져 나왔다. 그녀는 눈치가 무척 빠른 사람이었다.

여기까지 설명을 했다면, 내가 지금 무슨 말을 하고 있는지 눈치 채는 것은 그리 어렵지 않을 것이다.

굳어 있던 그녀의 표정이 봄에 눈이 녹듯 사르르 풀렸다. 아니, 적어도 내게 그 능력이 생기지 않았다면 그렇게 보였을 것이다.

"어머, 회장님도 참. 전 그런 것도 모르고 괜히 서운하게 생각했잖아요."

"서운한 건 모두 풀린 거지?"

"그럼요, 애초에 서운하지도 않았는걸요."

말이 끝남과 동시에 붉은 색 오오라가 그녀의 몸을 휘감다가 사라졌다. 거짓이라는 소리였다.

하지만 그녀의 얼굴은 환하게 펴져 있고 입가 만면에는 미소가 가득했다. 누가 있어 이런 얼굴을 보고 이 사람이 거짓을 말하고 있다고 생각할까?

"자, 그럼 아침이나 먹으러 내려가 볼까? 좋은 냄새가 난 것 같은데 오늘 메뉴는 뭐야?"

"다금바리가 싱싱해서 구이를 좀 했고 속 시원하시라고 전복을 넣고 무국을 끓여 봤어요. 입에 맞으실지 모르겠지만, 송이도 조금 구워봤고요."

"다, 다금바리 구이랑 전복 무국?"

다금바리를 구이로 해먹고 무국에 전복을 넣는다는 말은 처음 들어봤다. 송이 역시 내가 익히 아는 그 새송이 버섯은 아닐 것이다. 분명, 자연산 송이겠지.

그래도 산삼을 무침으로 해서 먹는 와중에 이 정도면 소박한 아침이라고 생각해야 할까?

그나마 이번 여행에서 느껴지는 또 하나의 만족감은 식도락이었다.

번번이 식탁에 올라오는 반찬들로 인해 과연 어디까지 놀랄 수 있을까라는 기대감 또한 있었다.

그렇게 2층에서 1층으로 내려가 보니 익숙한 모습의 여성이 검정 치마와 하얀색 블라우스 차림으로 거실에 대기 중이었다.

"응? 김 비서 왔네. 오후에 온다고 하지 않았어?"

내가 고개를 갸웃거리며 묻자, 같이 내려오던 한윤화가 뭔가 못마땅한 표정으로 입을 열었다.

"김 비서님, 요새 집에 자주오시네요."

"제가 오지 못할 곳을 온 건 아니죠. 밖에서 벌어지는 일을 회장님께 알려드리고 그 결정을 듣는 게 제 일이니까요."

"……."

순간 한윤화의 시선과 김 비서의 시선이 허공에서 맞붙었다.

'두 사람 다 눈빛으로 레이저라도 쏠 기세네.'

가볍게 어깨를 으쓱거리고는 김 비서를 향해 말했다.

"아침 안 먹었으면 같이 먹는 게 어때?"

"후우, 역시 잊고 계실 줄 알았습니다."

"응?"

"오늘이 무슨 날인지 잊으셨습니까?"

"……12월 14일이잖아."

"오늘은 백두진 국무총리께서 젊은 경영인들을 초대해서 오찬을 함께 하자고 하셨던 날입니다. 그리고 그 젊은 경영인들 중에는 당연히 회장님도 포함되어 있고요."

꿀꺽!

김 비서의 말을 들어보면, 꽤 중요한 자리임은 맞는 것 같다. 아니, 중요한 자리가 맞을 것이다. 대통령은 아니어도 국무총리와의 오찬이니까 말이다.

'설마 내 마음 한구석을 계속 찜찜하게 하고 있던 것이 이거였나?'

민망함에 볼을 긁적거리고 있자 김 비서의 시선이 한윤화에게로 향했다.

"집사장께서는 오늘이 그 날이라는 사실을 잊고 계셨습니까? 미리 전달을 해드렸던 것으로 기억하는데요."

"글쎄요. 기억이 잘 나지 않네요."

슬쩍 고개를 돌려 한윤화를 쳐다보며 말에 집중했다. 그런 그녀를 향해 김 비서가 다시금 레이저를 쏠 것 같은 눈빛으로 말했다.

"기억이 나지 않아요? 그게 그렇게 간단하게 할 수 있는 말씀이십니까? 무려 총리와의 약속입니다. 그래서 사전에 신경을 써 달라고 그렇게 당부하지 않았습니까?"

"김 비서님, 각하도 아니고 총리시잖아요. 전대 회장님이 살아 계실 때만 해도 총리께서 직접 방문하셔서 회장님을 찾으셨다는 사실을 잊으셨나요?"

이번에는 한윤화의 몸에서 푸른 기운이 피어올랐다. 지금 한 말은 진실이라는 소리였다.

'대단하구만. 무려 나라의 총리가 직접 발걸음을 해서 만날 정도라니.'

총리라면, 유사시 대통령에게 무슨 일이 생겼을 경우 국정 전반에 대한 권리를 수행할 수 있는 위치였다.

그런데 그런 총리가 송지철의 아버지인 황금손 송무송을 만나기 위해 직접 찾았다는 것이다.

그 말은 결국 송무송이 단순히 돈만 많은 사람이 아니라, 정치권에도 어느 정도 영향력을 줄 수 있다는 말과 일맥상통했다.

'당시의 시국을 보면, 정경유착. 정부와 재벌은 악어새와 악어의 관계였으니, 황금손이 정부 인사들에게 어마어마한 약을 쳤을 수도 있겠네. 아, 혹시 그런 것에 대한 장부도 있지 않을까?'

문득 떠오른 생각.

왜 TV의 드라마를 보면, 살생부라고 해서 재벌이 정치권 인물이 가진 비리를 기록해둔 장부가 있지 않던가?

그리고 주인공은 항상 온갖 고생 끝에 그 장부를 얻어 사회에 공개하고 악을 심판하는 정의로운 인물로 표현되고 말이다.

뭐, 최근에는 그 표현 방식이 장부를 찾는 것보다는 자신이 직접 현장에 침투해서 영상을 촬영하거나 녹음을 하는 등의 결정적 증거를 잡는 방식으로 바뀌었지만 말이다.

아무튼, 이 정도 재력을 지니고 정치권에 영향력을 행사했다면 황금손 송무송에게도 그런 장부가 한두 개 쯤 있을 법 했다.

"그래서 약속 시간이 몇 시인데?"

"지금으로부터 두 시간 뒤입니다."

"두 시간이라, 오찬 자리인데 지금 밥을 먹기는 애매하겠네. 식사는 간단하게 샌드위치 정도로 준비해 줘. 이동하면서 허기만 좀 때울 테니까."

"회장님, 어떻게 아침을 빵으로……."

"괜찮아. 해외에 있을 때는 매일 그렇게 먹었어. 여기 김 비서에게도 커피 한 잔 내주고. 난 올라가서 씻고 준비해서 내려올게."

그렇게 자신만만하게 말하고 난 뒤 위로 올라갔지만, 난 30분 만에 어색한 표정과 함께 아래로 내려올 수밖에 없었다.

"저기 총리 만날 때 어떤 옷이 더 잘 어울릴까?"

내 양 손에는 각기 검정색과 청색의 정장이 들려 있었다.

❀ ❖ ❀

제주도 선착장.

12일부터 시작된 폭풍주의보가 해제되고 제주도의 하늘은 다시 원래의 청명한 푸른빛을 되찾았다. 바다 역시 언제 폭풍우가 불었냐는 듯 잔잔한 모습을 보였다.

그 덕분에 며칠 동안 집안에서 손가락만을 빨고 있던 뱃사람들이 얼굴에 미소 가득한 얼굴과 함께 밖으로 나와 자신들의 배를 살펴보기 시작했다.

"아이고, 이제야 용왕님의 노여움이 풀렸나보네."

"그러게 말이야. 꼼짝 없이 오늘도 마누라 엉덩이나 두들기고 있어야 하는 줄 알았구만."

뱃사람 김 씨와 양 씨가 선착장의 줄에 매여 있는 자신들의 배를 꼼꼼히 살펴보고는 갑판 위로 나와 떠들었다.

"그나저나 자네 배는 괜찮나? 며칠 동안 비바람이 엄청나게 몰아쳤잖아."

양 씨의 질문에 김 씨가 고개를 끄덕이며, 뱃머리의 갑판을 손으로 두들겼다.

텅!

"당연하지. 내 매일 같이 고기잡이를 나설 때마다 용왕님 드시라고 음식이며, 기도를 얼마나 많이 하는데. 자네도 알잖아?"

"그야 그렇긴 하지. 자네가 좀 지극정성인가, 흐흐."

"아무튼 노여움이 풀리셨으니, 오늘은 고기 좀 잡으러 앞바다로 나가봐야겠네. 자네는?"

"나도 나가봐야지. 가서 물고기라도 몇 마리 잡아 팔아 시장에서 좀 나가봐야겠어. 마누라가 고기를 먹고 싶다고 하도 성화여서."

"그놈의 마누라 사랑은. 애처가 나셨네."

"어허! 애처가가 아니라 그 뭐냐, 요새 사람들 말로 사랑꾼. 사랑꾼인 거지."

"어휴, 이거 서러워서 나도 다시 장가를 가던가 해야지."

김 씨가 볼멘소리를 내뱉자 양 씨가 피식 거렸다.

"이 사람아 마음에 없는 소리는 그만하고 서둘러 출항 준비나 하……."

뿌아아앙!

양 씨가 말을 이을 무렵,

커다란 뱃고동 소리가 선착장에 울려 퍼졌다. 양 씨와 김 씨 두 사람의 시선이 반사적으로 소리가 들려온 방향으로 향했다.

"아따, 배 한번 크네."

"저거 남영호지?"

두 사람이 바라보는 곳에는 거대한 배 한 척이 반대편 선 착장에 대기하고 있었다.

선박의 이름은 남영호. 남영해운 소속의 선박으로

1967년 12월 경남조선회사에서 제작하였으며, 길이 43m에 폭 7.2m, 302명이 탑승 가능한 362톤의 정기 여객선이었다.

"저기 저 배를 보고 있으니, 우리 배는 그저 돛단배 같네 그려."

"배가 크다고 다 좋은 게 아니여. 튼실해야지. 그나저나 저 배도 폭풍우가 가라앉아서 출항하려나 보네."

"그렇겠지. 근데 무슨 짐을 저리 많이 실어?"

"그러고 보니 좀 많긴 하네."

김 씨가 혀를 내두르며, 남영호에 탑승하는 승객들과 실리는 짐들을 바라봤다. 양 씨 역시 김 씨의 말에 공감한다는 듯 고개를 끄덕였다.

"뭐, 그래도 저것만 싣고 말겠지. 자기들도 뱃사람인데 생각이 있지 않겠어?"

"저걸 운전하는 사람은 뱃사람이지만, 저기에 물건 실어서 옮기는 사람들은 뱃사람이 아니잖아. 돈에 눈이 먼 돈귀신들이지."

"그것도 그르네."

"뭐, 용왕님의 심기만 거스르지 않으면 별 탈 있겠는가? 우리는 우리 앞일이나 생각 하자고."

"하긴, 그러자고."

뭔가 찜찜하다는 듯 남영호를 계속 바라보고 있던 양 씨가 이내 관심을 끊고 자신의 배로 시선을 돌렸다.

그리고 그러는 사이에도 남영호에는 끊임없이 승객들이 탑승하고 화물들이 선적되었다.

검정색과 청색의 두 가지 정장 중에서 김 비서의 선택은 검정색이었다.

청색도 나쁘지는 않지만, 오늘 같은 자리에서 굳이 눈에 띄는 색을 입으면 괜히 질문만 더 받을 수 있다는 것이 김 비서의 소견이었다.

나 역시 김 비서의 말에 공감을 하는 바 군말 없이 그녀가 골라준 검정 색 양복을 입었다.

"시간은…… 늦지는 않겠네요."

"당연하지. 나 그렇게 늦장 부리는 성격이 아니야."

"흐음. 아무튼, 일단 타시죠. 그렇지 않아도 이동하는 도중에 드릴 말씀이 많아요."

김 비서가 고개를 갸웃거리더니, 이내 차량의 뒷좌석에 탑승했다. 나 역시 그 모습에 볼을 긁적거리다가 이내 김 비서의 옆 자리에 자리를 잡고 강 기사에게 차를 출발하라 일렀다.

백두진 국무총리와의 약속 장소는 서울 웨스턴 조선 호텔이었다. 강 기사는 호텔까지 대략 40분 정도가 소요될 것이라고 대답했다.

"일단은 사업에 관한 얘기부터 드릴게요. 회장님께서 지시한 대로 사업체는 천천히 정리를 하고 있어요. 재무구조가 튼튼하지 않은 곳부터 정리를 시작했고, 퇴직을 희망하는 자에 한해서 3개월 급여를 미리 지급하는 방안도 공지를 했는데, 반응이 상당히 좋아요. 직원들의 반발도 적고 긍정적인 효과를 이끌어냈다는 반응이에요. 회장님의 제안이 꽤 좋은 선택이었던 것 같습니다."

"수고했어. 참, 그렇게 정리된 자금의 3분의 1은 안 집사님에게 맡기도록 해."

"안 집사님에게요?"

"응. 내가 따로 안 집사님에게 해둔 말이 있으니까. 그냥 그렇게 하면, 안 집사님이 알아서 처리해주실 거야."

"……알겠습니다. 그럼, 그 건은 그렇게 하도록 할게요. 그리고 안 집사님의 얘기가 나와서 전에 맡겼던 일에 대해서도 말씀드릴게요."

"캐나다에 있는 가족들?"

"네, 그곳에 있는 아드님에게 회장님의 의견을 전달했습니다. 그쪽에서는 크게 환영하는 눈치인 것 같더군요. 얘기를 하자마자 당장 귀국을 하겠다는 것을, 일단은 회장님께 보고를 드리는 편이 좋을 것 같아서 다시 연락드리겠다고 한 상태입니다."

"잘했어. 음, 일주일 정도 후면 괜찮을 것 같은데? 어차피 계약 건은 최대한 도움을 주는 방향으로 진행할 거니까 계약이 끝나면, 안 집사님과 같이 식사를 할 수 있도록 자리도 한 번 마련해주면 고맙고."

"알겠습니다."

"……그때 김 비서도 같이 하는 거야. 괜찮지?"

"네?"

묵묵히 고개를 끄덕이던 김 비서가 화들짝 놀란 표정으로 날 쳐다봤다.

항상 찬바람만 불던 그녀가 당황하는 모습을 보니, 꽤 귀엽다는 생각이 들었다.

"안 집사님은 내게 있어 작은 아버지와 같은 분이시고. 김 비서 역시…… 내게는 소중한 사람이니까. 이번 기회에 다들 같이 모여서 밥이나 먹자는 거지. 혹시 그날 약속 있어? 약속 있으면, 날짜를 미……."

"알겠어요. 그럼, 그날 같이 먹어요."

"어? 진짜지?"

"밥 한 끼 먹는 게 뭐 어렵다고요. 더군다나 계약이 성사되면, 안 집사님의 가족들도 제가 관리해야 하는 고객들 중에 한 분이 되시는 것이니까요."

"아, 그런 건가?"

이내 김 비서가 다시 냉랭한 표정으로 대답하자 괜한 머쓱함에 시선을 창밖으로 돌렸다.

그렇게 5분 정도 시간이 흘렀을까?

"그리고 저번에 말씀하셨던 것 말이에요."

"……?"

"집사장에 관한 얘기 말이에요."

"……알아봤어?"

"처음에는 회장님의 말을 듣고 반신반의 했는데, 조사를 시작하니 수상한 게 한두 개가 아니더군요."

"계속해봐."

창 밖에서 시선을 돌리고 김 비서의 말에 집중했다. 그녀의 몸에서는 푸른 기운이 넘실거리고 있었다.

"성명 한윤화. 1921년 서울 출생. 올해 나이 49살. 결혼은 하지 않았고 양친은 재작년에 돌아가셨습니다. 30살 무렵에 전 회장님의 비서로 일을 시작했고 이후 줄곧 집안 살림을 담당하는 일을 맡아왔습니다. 뭐, 여기까지는 회장님 역시 잘 아시는 내용이라고 생각됩니다."

김 비서의 말대로 지금 설명한 부분은 현재 내가 획득한 송지철의 기억 범위 내에 들어 있는 것들이었다.

"그리고 지금부터는 이번 조사를 하면서 새롭게 알게 된 사실입니다. 그녀가 집안의 살림을 담당하면서, 정부와 재계의 인물과 상당한 인연을 맺어오고 있다는 정황이 파악됐습니다."

"정, 재계의 인물과?"

"네, 물론 전대 회장님이 각 인사들을 집으로 초대하셨던 일이 잦았던 만큼 집안일을 담당하던 그녀가 그들과 만날 기회는 많이 있었을 겁니다. 하지만 그 만남의 주체는 어찌됐든 전대 회장님이십니다. 그런데 이번에 조사를 해보니, 전대 회장님이 없는 자리에서 그녀가 따로 그들과 만났던 정황들이 파악됐습니다."

"혹시 아버지가 따로 만나라고 시키신 건 아니야?"

김 비서가 고개를 저었다.

"매사에 철저하셨던 전대 회장님 같은 분이 그러셨을 거라고는 생각되지 않습니다. 각자의 분야에 적당한 사람을 배치해서 일을 진행하도록 하셨지, 한 사람이 모든 분야에 직접적으로 관여할 수 있도록 일을 시키시지 않으셨습니다. 그 때문에 저와 안 집사님, 집사장이 긴 시간 동안 회장님을 모셨어도 상대적으로 자신의 분야를 제외하고는 모르는 게 많았던 것이고요."

"사업은 김 비서, 집안 외적인 일은 안 집사님, 집안 살림은 집사장이었지?"

"네, 그런데 이번 조사를 보니 집사장은 꼭 그랬던 것만은 아니었던 것 같습니다.

"좋아, 그러면 그녀가 누구를 만나고 다녔는지도 파악이 됐어?"

김 비서의 입에서는 다양한 이름이 흘러나왔다. 그 중에는 지금 이 몸의 기억 속에서 떠오르는 인물도 있고 그렇지 않은 사람들도 있었다. 그러는 동안 며칠 멈춰 있던 동기화가 향상 되었다.

[동기화가 향상되었습니다.]

[현재 동기화는 54%입니다.]

"그리고 마지막 인물입니다. 중앙정보부 부장 이정락."

"어? 중정?"

중앙정보부. 제4공화국, 제5공화국을 다루는 드라마가 나올 때면 어김없이 등장하는 이름이다.

국가재건최고회의 직속으로 발족된 정보·수사기관으로 국내외의 국가안전보장에 관련된 정보를 다루고, 범죄수사와 군을 포함한 정부 각 부서의 정보·수사 활동을 감독하며, 국가의 타 기관 소속 직원을 지휘·감독하는 권한을 가진 곳이 바로 이 시대의 중앙정보부였다.

또한, 중앙정보부는 대통령 직속의 최고 권력기구인데다 현역군인의 직접적인 참여를 보장하고 있어 비상계엄 상태에서도 군부가 모든 분야에 실질적인 통치력을 행사할 수 있는 기구였다.

다시 말해서 대한민국의 절대 권력을 가지고 있는 기관이 바로 중앙정보부였고, 부장이라면 그 기관에서도 최고의 권력자라는 소리였다.

그런데 김 비서는 한윤화가 그런 권력자를 꾸준하게 만나 왔다고 얘기하고 있었다.

"사실 저도 조사를 하면서 반신반의했어요. 이정락 부장은 저도 전대 회장님을 모시면서 얘기만 들었지, 한 번도 본 적이 없는 인물이니까요."

"사업 분야를 책임지는 김 비서도 만나지 못했던 인물을 집사장이 만났다?"

"네, 그리고 이건 아직 제대로 확인이 되지 않은 내용이기는 하지만, 최근에도 이정락 부장과 한윤화가 접촉을 한 것 같아요."

"최근이라는 건 구체적으로 언제지?"

"전대 회장님께서 돌아가시고 난 뒤에요."

조금씩이시지만, 한윤화에 대한 실체가 잡히는 것 같다. 이건 단순하게 내가 똑똑해서가 아니라 단지 지금 시대보다 40년 뒤의 미래에서 살다 왔기 때문이다.

그만큼 지금보다 40년 뒤 방영되는 드라마 중 과거의 대한민국에서 벌어진 일을 토대로 한 것이 많았다.

"강 기사, 잠깐 차 좀 갓길에 대주세요."

"네? 알겠습니다."

차선을 변경한 강 기사가 이내 갓길에 조심스레 차를 주차시켰다.

"저는 잠시 내려서 담배라도 한 대 피고 있겠습니다."

"고마워요."

눈치가 빠른 강 기사는 내가 따로 부탁하지 않았음에도 차안에서 자리를 비켜줬다.

물론 지금까지 차안에서 나눈 얘기가 있는 만큼 지금에 와서 강 기사를 믿지 못하고 밖으로 내보내는 건 우스운 행동일 수 있다.

하지만 이건 그 누구보다 강 기사를 위한 것이다. 자신이 모시는 사람의 비밀을 많이 안다는 것이 꼭 좋은 것만은 아니기 때문이다.

때로는 비밀을 안다는 사실, 아니 알고 있을 것이라는 의심만으로도 죽을 수 있는 게 역사에서 말하는 1970년대의 기록이었다.

"김 비서."

"네, 회장님."

"아버지께서도 정치권에 있는 사람들에게 꽤 돈을 줬겠지?"

"……."

"아, 오해는 하지 마. 이제 와서 그런 것을 가지고 옳고 그름을 따질 생각은 없으니까."

"……사업을 하기 위해서는 필수부가결의 요소가 있습니다. 그리고 그 중의 하나가 바로 정치권과의 긴밀한 유대입니다."

말이 좋아 유대지, 결국은 정경유착이었다. 정경유착이란, 경제계와 정치권이 부정이란 고리로 연결되어 있는 경우를 일컫는 말이다.

쉽게 말해서 정부는 재벌에게 돈을 벌 수 있는 권리를 주고, 재벌은 그렇게 번 돈으로 정부의 빈 곳간을 채워주는 것이다. 그리고 그 과정에서 필연적으로 희생되는 존재들이 바로 국가의 국민들이었다.

"규모가 얼마나 될까? 아버지가 쌓은 부를 생각할 때 정치권에서 내미는 손길이 적지 않았을 거고. 아버지 역시 황금 그룹을 키우기 위해서는 어느 수준까지는 투자하기를 아끼지 않았을 것 같은데?"

"일전에도 한 번 물으셨기에 회장님이 가진 재산에 대해서도 알아봤습니다."

"아, 그래?"

사실 내가 제일 궁금했던 부분도 바로 그거였다. 과연 얼마만큼의 재산이 있었기에 황금손이라는 별명을 얻었을까?

"확인해보니 공식적인 재산은 약 3,000억 정도였습니다. 그리고 앞날을 대비해서 준비해놓으신 유동 가능한 현금이 약 500억으로 알고 있어요. 이번에 사업을 정리하면서 그 액수가 조금 줄어들 수는 있지만, 그렇다고 해도 큰 차이는 없을 겁니다."

"3,000억이라……."

말 그대로 어마어마한 액수였다. 70년대의 3,000억이라면, 2016년도에는 족히 조 단위에 가까운 액수일 것이다.

"물론 이건 어디까지나 대외적인 재산의 수치에요."

"그 말은 알려지지 않은 재산도 있다는 거야?"

"네, 하지만 저도 그 재산이 어디에 어떤 식으로 보관되어 있는지는 몰라요. 물론 당연한 얘기지만, 그 규모가 얼마가 되는 지도요."

"잠깐만, 김 비서가 모른다는 것은 정말 존재하는지도 확실치 않다는 거 아니야?"

"존재는 해요."

김 비서의 목소리는 단호하기 짝이 없었다.

"그렇게 생각하는 근거는?"

"전대 회장님께서 돌아가시기 직전 제게 남기신 말이 있거든요.

"그게 뭔데?"

"……아직은 말씀드릴 수 없어요. 왜냐하면, 그 남기신 말을 회장님께 말씀드리고 말고는 전적으로 제 판단에 맡기신다고 하셨거든요."

"결국 그 말은 아직 내가 그 말을 들을 정도의 가치를 증명하지 못했다는 거겠네."

"……."

"뭐, 좋아. 김 비서의 판단이 그렇다면 그런 거겠지."

"그, 그게 끝인가요?"

내가 너무 쉽게 대답을 했기 때문일까, 오히려 김 비서가 당황하는 모습을 보였다.

하지만 내 말은 진심이었다. 전대 회장인 송무송이 무엇을 숨겨놨던 지금 송지철이 움직일 수 있는 자금만 해도 미래의 내게는 엄청난 힘이 될 수 있는 재물이었다.

그러니 이 상황에서 굳이 보이지 않는 재물을 찾기 위해서 무리하게 움직일 필요는 없다는 게 내 판단이었다.

"자, 그럼 다시 본론으로 돌아오자고. 중앙정보부의 부장이나 되는 인물이 한윤화를 만난 게 단지 떡값이나 받자고 그러지는 않았을 거야. 그렇다고 그녀에게 뜯을 막대한 돈이 있는 것도 아닐 테고. 그럼 뭐 때문일까? 내가 추측하기로 답은 두 가지야. 하나는 돈."

"하지만 조사 결과 한윤화가 제법 큰 재산을 보유하고 있기는 했지만, 중앙정보부의 부장이 탐낼 정도는 아닙니다."

"만약 내가 죽으면 황금 그룹이 보유한 재산은 어떻게 되는 거지? 난 일가친척도 없잖아. 그렇다고 재산을 물려줄 자식이 있는 것도 아니고."

"그야 유언에 따라……."

"유언이 없다면? 아니, 유언이 있다고 해도 마찬가지야. 자, 들어봐. 만약, 내가 집에서 심장마비로 죽으면 아마 가장 먼저 발견하게 될 사람은 집사장인 그녀가 될 거야. 그 뒤의 일? 지금까지의 행적을 볼 때 그녀는 내가 죽었다는 사실을 김 비서와 안 집사님에게 알리지 않을 거야. 그리고 그 사이에 그녀가 관리해오던 정, 재계의 인물들이 내가 남긴 재산을 노리고 물어뜯기 시작하면 그때는 어떻게 손 쓸 방도도 없이 모든 걸 빼앗기게 되겠지."

"……."

"내 추측이 너무 과하다고 생각해?"

"아니에요. 다만, 지금 놀라고 있는 중이에요. 도련님, 아니 회장님께서 거기까지 생각하고 계실 줄은 몰랐으니까요."

"그렇게 생각해주면 고마운데. 그럼, 이어서 내 두 번째 추측을 들려줄게. 내 두 번째 추측은 살생부야."

"살…… 생부요?"

"그래, 아버지께서 지금까지 정, 재계의 인사에게 뇌물로 바쳤던 리스트가 기록되어 있는 장부. 터지기만 하면, 이 나라의 내로라하는 인물들의 목을 움켜잡을 수 있는 판도라의 상자."

내 직감은 분명 어딘가에 그것이 있을 것이라고 확신하고 있다.

"이미 나라는 녀석은 이 바닥에 망나니라고 소문이 나 있으니, 설령 살생부라는 것이 있다고 해도 관심이 없을 것이라고 생각할거야. 그러니 주변의 들개들이 보기에는 지금이 아주 적기라고 생각하겠지. 혹시라도 내가 정신이라도 차려서 그걸로 뭘 하려고 하면 골치가 아플 거 아니야?"

"그래서 이정락 부장이 한윤화를 만났다고 생각하시는 겁니까?"

"응. 그들이 볼 때 아버지 측근 중에서 나와 가까우면서 가장 설득하기 쉬운 인물이었을 텐데. 아, 혹시 김 비서에게도 접근한 적이 있었나?"

"……."

김 비서는 아무런 말이 없었다.

"뭐야, 이거 그냥 찔러 본 건데 혹시 진짜야?"

"몇 번 사람을 통해서 만나자는 연락이 있긴 했지만, 거절 했었습니다."

확실히 이 여자도 대단한 사람이긴 하다. 다른 사람도 아니고 지금 시대에 중앙정보부 부장의 제의를 거절하다니.

"김 비서, 그러다 남산으로 끌려가면 어떡하려고?"

"회장님께서 구해주시겠죠. 저에게 그만한 가치 정도는 있다고 생각합니다. 그리고 살생부가 정말 있는지는 모르겠지만, 정말 그러한 것이 존재한다면 그들이 한윤화를 포섭해야 할 이유는 충분하다고 생각됩니다."

"그렇지?"

"네. 중앙정보부장 이정락이 그걸 손에 넣는다면, 현 대통령의 앞길을 가로막는 정적들의 목을 일거에 날려버릴 수 있을 테니까요. 그들에게 있어서는 총과 칼, 폭탄보다 더 무서운 무기가 될 겁니다."

"그래서 묻는 건데. 살생부가 존재하는 게 맞아?"

정말로 살생부가 존재한다면, 그 존재를 알 수 있는 사람은 안 집사도 한윤화도 아닌 김 비서일 가능성이 가장 높았다.

"……그건 저도 모릅니다. 정, 재계의 인사들에게 직접 로비를 하는 것은 전대 회장님께서 손수 챙기셨던 부분이니까요. 하지만, 회장님의 말씀대로 판도라의 상자가 될 수 있는 살생부가 어떤 형태로든 존재할 거라는 데에는 공감해요."

김 비서에게는 푸른 색 기운이 넘실거리고 있었다. 즉, 지금 한 말은 진실이라는 소리였다.

'살생부는 있다. 하지만 그 위치를 아는 사람은 없다. 문제는 이걸 그냥 곧이곧대로 말한다고 해서 믿어줄 사람이 얼마나 있냐는 거지. 열에 아홉은 내가 거짓말을 한다고 생각하고 계속 그 살생부를 찾던가, 아니면 결국에는 나를 제거하려 들 거야.'

머리가 조금 복잡해진 기분이었다. 마치 폭탄은 폭탄인데, 언제 터질지 알 수 없는 폭탄을 가슴에 안고 있는 것처럼 말이다.

'남의 돈 가져가려면, 그만한 밥값은 해줘야지.'

일단 지금 알려진 정보만으로는 한윤화가 일을 꾸미고 있다는 심증만 굳혀갈 뿐, 그녀에게 제대로 펀치를 날리기에는 부족했다.

"일단은 여기까지. 김 비서는 그녀에 관한 조사를 계속하면서, 내가 부탁했던 일을 처리해줘. 나는 나대로 준비를 좀 해야 할 것 같으니까."

"알겠습니다."

김 비서가 가볍게 고개를 끄덕이고는 밖에서 대기 중이던 강 기사를 다시 불렀다.

그렇게 차량은 다시금 백두진 국무총리와의 오찬 약속이 있는 웨스턴 조설 호텔로 향했다. 그리고 그와 함께 내가 느끼는 알 수 없는 불안감도 점점 커지고 있었다.

TIME
ROULETTE
타임룰렛

Chapter 36. 제주 바다에 퍼진 곡소리

"오늘 저는 향후 이 대한민국을 10년, 아니 20년을 이끌어갈 여러분들과 함께 하는 이 자리가 무척 뜻 깊다는 생각이 듭니다. 비록 우리는 과거 나라가 분단되며, 큰 아픔을 겪었지만 어느덧 세계에 대한민국이란 이름을 각인시켜줄 정도의 위치에 올라섰습니다. 하지만, 아직 부족합니다. 이 정도에 만족했다가는 빠르게 변화하는 세계정세에 탑승하지 못하고 금세 뒤떨어져 세계인의 기억 속에서 사라져 버리고 말 겁니다. 그렇기 때문에 여기 계신 여러분들의 역할이 무엇보다 중요하다고 생각됩니다."

단상에 오른 백두진 국무총리는 목에 핏대를 세우며 열심히 연설을 해나갔다.

하지만 그런 연설과는 다르게 테이블에 앉아 있는 사람들은 애꿎은 물만 마셔댈 뿐이었다. 그리고 그건 나 역시 마찬가지였다.

'이게 뭐야? 젊은 경제인의 행사라고 해서 젊은 사람들이 참여하는 거라고 생각했는데, 저 분은 거의 아버지 또래인데?'

슬쩍 고개를 돌려 반대편을 쳐다봤다. 그곳에는 머리가 거의 반쯤은 벗겨진 사십 대 후반의 남자가 자리에 앉아 있었다.

앞의 명패에는 대웅물산 이태훈이라는 이름이 적혀 있었다.

그 뒤쪽의 자리도 마찬가지다. 영진공업 강승훈이라는 명패와 함께 비슷한 나이 또래의 사내가 앉아 있었다.

물론 나와 비슷한 나이의 또래가 아예 없는 것은 아니었다. 다만 모래알에서 바늘 찾기 정도랄까?

'게다가 여자는 한 명도 없네.'

또 한 가지 내가 확인한 바로는 장소에 모인 사람들 중에서 단 한명의 여자도 없다는 것이다.

이는 그만큼 현 시대에서 여성이 차지하는 비중이 아직은 낮다는 것을 의미하기도 했다.

"……따라서 저는 물론 정부와 박정희 각하께서도 여러분에게 최대한 힘이 되어드릴 것을 약속합니다. 오늘 이 자리에 참석해주신 젊은 경제인 분들에게 감사를 드리며, 지금부터는 파티를 즐겨주시기 바랍니다. 감사합니다."

짝짝!

백두진 국무총리의 말이 끝나자 곳곳에서 우레와 같은 박수소리가 터져 나왔다.

물론 그 박수소리가 정말 연설에 감동을 받아서인지 아니면 단지 지루함에서 해방됐다는 기쁨인지는 알 수 없는 것이지만 말이다.

단상에서 백두진 국무총리가 내려오자 기다렸다는 듯 웨이터들이 분주하게 오가며 음식을 나르기 시작했다.

"마음 같아서는 이대로 돌아가고 싶지만……."

머릿속에 김 비서가 신신당부했던 말이 떠올랐다.

[만약 회장님이 말씀하신 첫 번째 추측이 맞는다면, 이번 모임에서 두루두루 여러 사람을 알아두시는 게 도움이 될 겁니다. 회장님께서는 그간 해외에서 유학 생활을 오래 하셨기 때문에 한국에서의 인물들과 인맥이 절대적으로 부족해요. 만약 회장님께서 이번 모임을 계기로 여러 인맥을 만들고 인연을 굳건히 하신다면, 이정락과 한윤화가 쉽게 움직이지 못할 겁니다. 재벌들은 정치인들과 한배를 탄 것 같으면서도 자신들의 피를 빨아먹는 기생충이라고 생각하는 경향이 크거든요. 그 때문에 설령 경쟁 업체라고 해도 정치권에서 칼을 들이 밀려고 하면 서로 힘을 합치는 경향이 있어요. 왜냐하면 그 칼이 다음에는 자신의 목을 베는 무기가

될 수도 있기 때문이죠. 물론 그렇다고 해서 회장님께서 거기 모인 사람들에게 머리를 숙이고 들어가라는 말씀은 절대 아니에요. 회장님께서는 그저 가만히 자리만 지키고 있으셔도 알아서 사람들이 주위에 몰려들 겁니다. 그러니까 다른 생각하지 마시고 모임이 끝날 때까지만 자리를 지켜주세요. 저랑 강 기사 또한 돌아가지 않고 기다릴 테니까요.]

김 비서가 숨도 안 쉬고 토해 냈던 말들이었다. 뭐, 결과적으로 보면 그녀가 남긴 말이 맞았다. 그녀가 이런 말을 하지 않았다면, 지겨운 연설이 끝나자마자 난 도망치듯 호텔을 빠져 나갔을 것이기 때문이다.

우적우적!

"그래도 스테이크 맛은 나쁘지 않네."

웨이터가 가져온 접시에 담긴 스테이크를 나이프로 잘라 한 입 먹어보니, 달달한 소스맛과 부드러운 육질이 일품이었다. 그리고 옆에 있는 정체불명의 와인 또한 제법 내 입맛에 맞았다.

"저기 황금 그룹의 송지철 회장님?"

그렇게 얼마의 시간을 스테이크에 집중하고 있었을까? 낯선 목소리 하나가 내 옆에서 들려왔다.

슥!

나이는 20대 후반에서 30대 초반 정도. 머리카락은 가르마를 타서 정갈하게 넘겼고 쓰고 있는 뿔테 안경은 지식인이라는 느낌을 강하게 줬다.

얼굴 피부 톤 역시 밝고 환한 것이 신뢰감을 줬으며, 자기 관리 또한 열심히 하는지 제법 단단해 보이는 체구가 인상적이었다.

"누구시죠?"

"처음 뵙겠습니다. 서강 그룹의 서준이라고 합니다."

하얀 치아가 드러나게 미소를 지은 서준이 가슴 안주머니에서 명함을 한 장 꺼내 내밀었다.

"서강 물산 상무이사 서준?"

명함에 적힌 직위를 보는 것만으로도 상대방이 평범한 사람이 아님은 알 수 있었다.

애초에 지금 이 자리에 모인 사람들 중에서 평범한 자리에 있는 사람은 없겠지만 말이다.

"네, 이렇게 뵙는 것은 처음인 것 같네요."

"……?"

"회장님 밑에서 일하고 있는 김 새미 씨가 제 대학 후배입니다."

"아!"

'김 비서와 대학 동문이었군.'

"새미가 오늘 회장님께서 이곳에 나오시는데 이런 자리가 처음이라고 잘 보필해달라고 부탁하더군요. 외국에서 오래 계셨기 때문에 한국의 이런 모임은 낯설어 하실 거라고요."

의외였다. 내가 아는 김 비서라면, 절대 남에게 그런 부탁을 할 사람이 아니었기 때문이다.

하지만 그의 말이 진실인지 거짓인지는 내가 크게 고민할 문제가 아니었다. 어차피 내 눈에는 보이기 때문이다. 하지만 이런 내 자신감은 불과 수초를 가지 못했다.

파앗!

"어?"

순간, 서준의 몸에서 피어나기 시작하는 기운. 놀랍게도 그 기운의 색은 푸른빛과 붉은 빛 두 가지가 어우러져 있었다. 푸른 빛 혹은 붉은 빛이라고도 하기 애매한 색이었다.

"왜 그러십니까?"

"아, 아무것도 아닙니다. 그보다 김 비서가 그런 말을 했다니, 뜻밖이네요."

대답을 함과 동시에 뒤늦게나마 이 능력이 가진 단점을 깨닫게 되었다.

'말 속에 진실과 거짓이 뒤섞여 있으면, 정확하게 구분할 수 없다는 거네.'

지금까지는 비교적 상대방의 말이 진실과 거짓을 구분하기 쉬운 부류였다.

하지만 방금 서준의 말처럼 진실과 거짓이 서로 섞여 있는 애매모호한 상황이라면, 그것을 구분할 수 없는 것이다. 다시 말해서 이 능력도 결국 만능은 아니라는 소리였다.

"혹시 괜찮으시면, 저랑 같이 어울리는 친구들이 있는데 만나 보지 않으시겠습니까? 솔직히 젊은 경제인이라는 이름 아래 묶여 있지만, 저기 있는 저분들과 저희는 연배가 조금 많이 차이 나니까요."

서준이 시선을 돌린 곳에는 조금 전에 내가 봤던 대웅물산의 이태훈과 영진공업 강승훈 등의 사람들의 모여 있는 곳이었다.

얼핏 보기에도 그 쪽에 모인 사람들의 나이는 평균 40은 족히 넘어 보였다.

'어차피 김 비서가 모임이 끝날 때까지는 이곳에 있어 달라고 했으니, 지루한 이곳에 계속 있는 것보다는 이쪽이 한 결 낫겠지? 그리고 어째서 김 비서를 팔아서 나에게 접근했는지도 궁금하니까 말이야.'

생각을 정리함과 동시에 앉아 있던 자리에서 일어섰다.

"그렇지 않아도 지루한 참이었는데, 잘 됐군요."

"잘 생각하셨습니다. 그럼, 이리로."

서준이 안내한 곳은 파티가 벌어지고 있는 6층보다 3개 층이 더 높은 9층에 위치해 있었다.

서준이 앞장서 문을 열고 들어서자 내부의 모습이 한 눈에 들어왔는데, 그걸 바라보는 내 입장에서는 작지만 놀라움의 탄성이 흘러나왔다.

"호오."

"제법 나쁘지 않지요?"

탄성을 들은 서준이 입가에 빙긋 미소를 짓고는 말을 이었다.

"이곳 웨스턴 조선 호텔은 현재 저희 형님이 맡아서 운영하고 있습니다. 덕분에 형님께 특별히 부탁드려서 이런 장소를 마련할 수 있었지요."

서준의 설명대로 9층의 홀은 오히려 백두진 국무총리가 젊은 경제인들을 초청한 자리보다 더 화려함이 넘쳐흘렀다.

6층이 70년대라는 것을 떠나서 올드함의 극치였다면, 그래도 9층은 젊은이들이 모여 있어서 그런지 제법 꾸민 티가 났다.

샴페인만 진열되어 있는 6층과는 다르게 온갖 주류가 손만 뻗으면 닿을 수 있는 위치에 있고 홀 안을 채운 남성보다 오히려 여성들의 숫자가 더 많아 보였다.

"저 여성들은 누구입니까?"

"네? 아! 술이 있는데 꽃과 벌들이 빠져서야 되겠습니까? 겸사겸사 제가 아는 지인들을 불렀습니다. 혹시 노시다가 마음에 드시는 분이 있다면, 저에게 살짝 신호를 주세요. 그럼, 제가 두 분만을 위한 자리를 만들어 드리겠습니다. 상대도 황금 그룹의 회장님이라고 하면, 좋아하지 않겠습니까?"

몸에서 피어오르는 푸른 기운.

이번에는 애매모호함 없이 진실이었다. 그리고 이를 통해 대략적이나마 서준의 성격이 어떤지를 알 수가 있었다.

겉으로 보기에는 깔끔하고 젠틀한 분위기를 지닌 신사지만, 그 속에는 상대의 마음을 홀리는 여우와 약점이 보이면 물어뜯는 살무사 역시 가지고 있는 남자다.

그러나 그런 것이 느껴진다고 해서 굳이 내가 내색을 할 필요는 없다.

어찌됐든 지금은 나 역시 속마음을 감추고 이들과 함께 어울리는 것이 중요하다.

'상대가 살무사라면, 난 그 살무사를 잡아먹는 매가 되면 되는 거니까.'

입가에 가볍게 미소를 짓고는 가볍게 고개를 끄덕였다.

"뭐, 마음에 드는 분이 있으면 부탁드리겠습니다."

"하하! 네, 그럼 이 쪽으로 가실까요? 제가 다른 분들도 소개해드리겠습니다."

서준이 안내한 곳에는 세 명의 사내들이 각기 옆에 여자들을 두고 술을 마시는 자리였다.

서준이 걸어가자 모여 있던 일행 중에서 유난히 검은 눈썹이 인상적인 사내가 얼굴 가득 웃음을 머금으며, 손을 흔들었다.

"여, 서준 이제 왔나? 네 덕분에 아주 잘 먹고 쉬고 있다."

"별 말씀을요. 이렇게 방문해서 자리를 빛내준 것만으로도 제가 감사하죠."

"넌 예의도 바른 녀석이 혀에 참기름이라도 발랐는지 말도 잘한단 말이야."

"칭찬으로 듣겠습니다. 참, 그리고 소개해드릴 분이 있습니다. 여긴 황금 그룹의 송지철 회장님이십니다."

"응? 그 괴짜?"

그야 말로 순간이었다. 주변의 사람들이 뜨악하는 표정을 지은 것은. 서준 역시 당황한 얼굴로 사내를 쳐다봤다.

"형님!"

"아, 미안. 워낙 소문이 그래서 나도 모르게 머릿속에 있던 단어가 그대로 나와 버렸네. 술도 조금 많이 마셨고 말이야. 거, 미안하게 됐습니다."

사내가 고개를 까딱거렸다. 어이없음에 서준을 바라보니, 그가 미안함이 가득 서린 얼굴로 입을 열었다.

"이쪽은 삼성 그룹의……."

"아아. 됐어 내 소개는 내가 해야지. 내가 벙어리도 아니잖아?"

'삼성 그룹이라고?'

의외였다. 분명 이 시점에서 존재하리라고는 생각했지만, 이런 식으로 만나게 될 줄은 몰랐다.

40년 뒤에도 대한민국 최고의 그룹으로 꼽히는 재계 순위 1위의 삼성 그룹의 사람을 말이다.

"뭐, 남의 입을 통해서 소개 받는 것은 내 취향이 아니라. 정식으로 인사합시다. 나 삼성의 이기용이요."

비록 현재 내 직함이 회장이라고는 하지만, 황금 그룹과 삼성 그룹은 규모의 차이가 있었다. 사장이라고 해서 다 같은 사장이 아닌 것처럼 말이다.

"황금 그룹의 송지철입니다."

"혹시 아까 내가 한 말 때문에 기분이 상하셨다면, 미안합니다. 내가 원래 이 머릿속에 들어 있는 것을 말로 내뱉을 때 필터링을 잘 못합니다. 뭐, 여기 있는 서준이랑은 호형호제하는 사이고. 옆에 있는 두 사람은 대우 그룹의 김영호, 기아의 김태민이요."

삼성에 이어서 대우와 기아의 이름까지 거론되었다. 새삼 내 앞에 있는 인물들이 거물들이라는 사실을 깨닫게 되었다.

대우와 기아는 IMF를 기점으로 그 세력이 축소되거나 부도처리의 과정을 겪게 되지만, 그 전까지만 해도 재벌을 거론할 적에 항상 언급되던 회사들이었다.

모르긴 몰라도 이 자리에 있는 이들 또한 앞으로 10년만 지나면 회사 운영을 잘하든 못하든 대한민국의 경제를 한 손에 움켜쥐는 존재들이 될 것이다.

"소개는 이쯤 하면 됐으니, 자리에 앉읍시다. 내가 무릎이 좋지 않아서."

자연스럽게 좌중을 이끈 이기용이 사람들을 이끈 것은 뒤쪽에 마련되어 있는 소파 테이블이었다.

그곳에 각자 자리를 잡고 앉자 이기용이 앞에 놓인 술잔을 하나 내밀었다.

"말로는 많이 들었는데, 이렇게 뵙게 되니 반갑습니다."

"삼성에 대한 얘기는 많이 들었습니다."

조르르

"하하! 그래요? 뭐, 나도 황금 그룹에 대한 얘기는 좀 들었습니다. 요새 꽤 재미난 소식도 들리던데."

"형님, 그게 무슨 소리입니까?"

스윽!

대우 그룹의 김영호가 묻자 이기용이 시선을 돌려 나를 쳐다봤다.

'나름의 정보망이 있는 건가. 하긴 사업하는 사람이 그런 게 없으면 더 이상한 일이겠지.'

대충 이기용이 말하는 재미난 소식이 무엇을 말하는지는 알 것 같았다. 어차피 죄를 지은 것도 아니고 크게 숨길만한 일도 아니었다.

"최근 사업체들을 정리하고 있습니다. 덩치만 크다고 좋은 건 아니니까요."

"하긴 기업은 누가 뭐라고 해도 내실이 중요하지요."

기아의 김태민이 이해가 간다는 듯 고개를 끄덕였다. 그러자 이기용의 입가에 지어진 미소가 더욱 짙어졌다.

"에이, 재미있는 내용은 그렇게 쏙 빼고 말씀하시면 되겠습니까? 정리한 사업체의 직원들에게 퇴직 희망을 받고 퇴직금은 물론 3개월 치의 월급도 지급하기로 하셨다면서요?"

"에?"

"그게 정말입니까?"

김영호와 김태민이 놀란 표정으로 날 쳐다봤다. 그리고 그건 서준 역시 마찬가지였다.

이들 역시 나름 외국 물을 먹었기는 하겠지만, 내가 하는 행동은 앞으로 수십 년은 지나야 대한민국 사회에 정착하는 문화이니 생소한 것이 당연했다.

"그간 내 회사를 위해 열심히 일하신 분들이니, 그 정도의 답례는 당연하다고 생각합니다만."

"……누구나 고마움을 느낄 줄은 압니다. 하지만 그 고마움에 대한 대가를 주는 건 어려운 일이 아닙니까? 그것도 수백 수천의 직원을 거느리고 있는 회사의 오너라면 말이죠."

"뭐, 제가 원래 어려운 걸 곧잘 해내고는 합니다."

비록 내 실제 나이는 눈앞에 있는 이들보다 적지만, 내가 여행을 통해 경험한 사람들의 삶과 나이만 놓고 보자면, 이들은 절대 내 비교 대상이 될 수 없었다.

"푸하하! 정말 소문대로 괴짜는 괴짜이신 모양입니다. 듣기로는 유학 당시에 사고도 꽤 많이 치셨다고 하던데,

한국에 들어오셔서 하는 행동을 보면 오히려 유학 생활에서의 사고는 연막을 치기 위한 것이 아니었느냐는 생각이 들 정도입니다. 왜 그런 것 있잖습니까? 가문의 후계에서 살아남기 위해 일부러 바보 행동을 하는 거 말입니다."

"……형님, 황금 그룹 회장님은 독자이십니다."

"아, 그래? 그건 내가 몰랐네. 하하!"

가볍게 웃음을 흘린 이기용이 자신의 잔에 채워져 있는 술을 단숨에 들이키더니 잔을 내려놓았다.

"크으. 이놈의 양주는 대체 뭔 맛으로 먹는 거야? 혹시 양주 좋아하십니까?"

시선을 내려 테이블 위에 깔린 양주들을 쳐다봤다. 간혹 알 것 같은 브랜드도 있었지만, 대부분은 내가 모르는 브랜드의 술이었다.

"소주 좋아합니다."

"어? 진짜?"

소주라는 말이 흘러나오자 갑자기 이기용의 말끝이 짧아졌다.

그것을 눈치 챈 서준이 재빨리 눈치를 줬지만, 이기용은 신경 쓰지 않고 말을 이었다.

"나도 소주가 좋은데. 이거 잘 됐네. 준아, 여기 혹시 소주는 준비 안 되어 있냐? 아무리 둘러봐도 양주에 와인에 샴페인만 있지. 소주는 코빼기도 안 보이더라."

"형님……."

"거기 술은 좀 하나?"

"나보다 잘 마시는 사람은 지금까지 우리 아버지 밖에 없었지."

상대측에서 말을 놓는다면, 굳이 나 역시 예의를 갖춰 끝까지 존대를 할 생각은 없었다. 그리고 술에 대한 얘기는 사실이다.

비록 사고뭉치에 비루한 몸을 지닌 송지철이지만 딱 하나 잘 하는 게 있다면 그게 바로 술이었다.

실제로 어지간한 양의 술을 먹어서는 취하지도 않고 딱히 그 종류를 가리지도 않았다.

하지만 이런 송지철이 딱 한 번 대작을 해서 진 상대가 있었으니, 바로 전대 회장인 아버지 송무송이었다.

'잠깐, 그러고 보니 대작은 왜 한 거였지? 분명 내기 때문인데.'

머릿속에 어렴풋이 남아 있는 기억. 동기화가 완벽하게 되지 않았기 때문에 기억에는 빈 조각들이 많았다.

'분명히 엄청 중요한 이유가 있었던 것 같은데.'

아무리 기억을 떠올려 보려고 애를 써 봐도 신기루처럼 흩어져 버릴 뿐, 도무지 그 이유가 생각이 나지를 않았다.

"좋았어. 서준, 너는 가서 소주 좀 넉넉히 올려 보내라고 하고. 영호와 태민이는 두 사람 옆구리 춥지 않게 괜찮은 애들로 옆에 앉혀드려. 두 사람 중에 더 괜찮은 사람 데려오는 사람한테 내가 이번 분양 건 팍팍 밀어 준다."

벌떡!

말이 끝나기 무섭게 김영호와 김태민이 자리에서 일어섰다.

"그 말 정말이시죠?"

"형님, 약속하신 겁니다."

두 사람의 진심 어린 표정으로 되묻자 이기용이 고개를 끄덕였다.

"걱정 마라. 난 내가 한 번 뱉은 말은 반드시 지키니까."

제주도 성산항.

남영호의 1등 항해사 민도훈이 걱정 어린 표정으로 배를 쳐다봤다.

"⋯⋯이거 짐을 너무 많이 올리는 거 아니야?"

"뭐, 이렇게 싣는 게 하루 이틀이던가. 그냥 못 본 척 하자고."

민도훈의 중얼거림에 대답을 한 사람은 그와 마찬가지로 남영호의 항해사인 지석훈이었다.

민도훈이 고개를 저으며, 화물창고 위와 중간 갑판을 손가락으로 가리켰다. 그곳에는 감귤이 담긴 나무 상자가 흡사 작은 동산처럼 쌓여 있었다.

"그래도 저건 너무 많잖아. 이미 서귀포 항에서 출발할

때도 적재 허용량을 초과한 상태였다고. 자네도 봤잖아. 서
귀포 항에서 출발할 때 배가 조금 기울어 있던 것 말이야."

"보긴 했지. 그렇다고 어쩌겠나?"

"당연히 선주한테 말해야지. 이러다 사고라도 나면 그냥
사고가 아니라 대형 사고라고."

민도훈이 결심 어린 얼굴로 자리를 벗어나려 하자 지석
훈이 그의 어깨를 잡았다.

"왜?"

"전 선장 일을 벌써 잊었어? 전 선장이 배의 적재량을 지
키면서 운행하자고 선주한테 건의했다가 이틀 만에 모가지
가 날아갔어. 그런데 일개 항해사가 뭐라 한다고 듣기라도
하겠어?"

"하지만……."

"두 달 뒤면 제수씨 출산이다. 애기 낳으면, 돈 들어갈
일이 천지인데 왜 사서 일을 만들려고 그래? 한두 번도 아
니고 그냥 눈 딱 감고 넘어가. 여기서 괜히 일 크게 만들면,
다른 배에 가기도 어렵다는 거 잘 알잖아?"

지석훈의 충고에 민도훈이 지그시 입술을 깨물었다. 그
의 말대로 두 달이 지나면 아내의 출산 예정일이다.

당연히 지금 보다 돈이 많이 필요할 것은 자명한 일. 한
푼이라도 더 모아야 할 시기에 괜스레 선주에게 충고를 했
다가는 지석훈이 말한 전 선장처럼 단숨에 모가지가 달아
날 것이다.

"······그냥 참는 게 맞겠지?"

"그래, 참을 인 세 개면 살인도 면한다고 하잖아. 그러니까 참아. 부산 도착하면, 내가 소주라도 한 잔 사마."

"후우······

민도훈의 입에서 깊은 한숨이 흘러 나왔다. 정의를 실현하기 위해서는 그가 현실적으로 처한 상황과 가진 힘이 너무나도 보잘 것 없기 때문이었다.

아니, 만약 혼자였다면 그는 지석훈의 제안을 거절하고 선주를 찾아갔을지도 모른다. 하지만 그에게는 가장으로서 짊어져야 할 무거운 무게가 있었다.

"그래, 관두자 관둬."

결국, 배에 계속해서 탑승하는 승객들과 실리는 감귤 상자를 바라보던 민도훈이 이내 시선을 돌렸다. 지석훈의 말에 따라 선주에게 건의하는 것을 포기한 것이다.

"잘 생각했다. 이만 들어가자. 조금 있으면 출발 시간이니까."

지석훈이 민도훈의 어깨를 두드리며, 선실을 향해 걸음을 옮겼다.

스윽!

그 뒤를 따라 걷던 민도훈이 이내 복잡 미묘한 표정으로 배에 가득 실려 있는 감귤 상자를 쳐다보다가 고개를 젓고는 배의 안으로 들어갔다.

그리고 30분 뒤.

    총 338명, 화물 540톤을 실은 남영호는 8시 10분경 성산항을 출발, 부산으로 향했다.

    머리의 전체에서 지끈 거리는 통증이 가득했다.

    "으······."

    양 손으로 관자놀이를 꾹 누르니, 묵직한 느낌과 함께 머리를 가득 채우고 있던 통증이 조금은 가라앉음이 느껴졌다.

    하지만 통증이 잠시 가라앉자 이내 찾아온 것은 극심한 갈증이었다.

    "아, 목말라."

    목을 어루만지며 감기려는 눈을 억지로 뜨며 일어서자, 눈앞의 낯선 광경이 보였다. 침실은 침실인데 생전 처음 보는 전혀 낯선 침실이었다.

    "여기는 또 어디야? 그리고 머리는 왜 이렇게 아픈 거야. 속도 쓰려 죽겠네. 이건 마치 술병이라도······ 술?"

    순간 머릿속에 조각조각 나 있던 기억들이 하나 둘 묶이기 시작했다.

    '오, 제법 마시는데? 좋아! 남자라면 그 정도는 마셔야지.'

    '하하! 내가 아주 이번에 제대로 된 술친구가 생겼네.'

'자네, 괜찮으면 나랑 호형호제 하는 게 어떤가?'

'민지야, 앞으로 이 녀석 내 동생이기로 했으니까 오늘 네가 아주 잘 모셔야 한다.'

'으하하! 이거 아주 재밌는 술 게임이구만. 이름이 아이엠 그라운드라고 했나?'

마치 한 사람의 목소리가 머릿속에 각인된 듯 뒤죽박죽으로 머릿속에서 흘러 나왔다. 그리고 그 목소리의 주인공이 삼성의 이기용이라는 것을 떠올리는 것은 그리 어렵지 않은 일이었다.

"……분명 마지막 잔에 서준이 쓰러지고 옆에 있던 여자가 날 부축해줬던 것 같은데. 이름이…… 그래, 박민지라고 했지?"

그녀는 대우 그룹의 김영호가 데려온 여자였다. 당연히 이기용은 분양권을 그에게 주기로 했다.

김태민은 내기에 진 것을 꽤 분해하며, 빠르게 술을 마셨고 제일 먼저 고주망태가 되었다.

"그나저나 아무 일도 없던 거겠지."

마지막 순간 그녀에게 부축을 받았던 것은 기억하는데 그 뒤의 기억이 없었다.

혹시나 하는 생각으로 침대의 옆을 살피고 이불을 조심스레 들어봤지만, 내가 입은 옷은 어제 그대로였고 그녀 역시 침대에는 있지 않았다.

"상황을 보면, 사고는 치지 않은 것 같네. 그나저나 나도 미쳤지. 아이엠 그라운드는 왜 하자고 한 거야?"

아이엠 그라운드뿐만이 아니었다. 베스킨 라빈스부터 시작해서 3·6·9, 만두 게임까지, 대학생들이 술자리에서 흔히 하는 게임들을 설명하며 벌주까지 만들어 사람들과 즐겼다.

"제 정신이 아니야. 제 정신이."

고개를 흔들고는 침대에서 내려와 일어서려 하자, 다리가 후들거리며 전신이 흔들거렸다.

"으, 어지러워."

"그렇게 술을 드셨는데, 몸이 정상이겠어요?"

귓가를 찔러오는 익숙한 목소리. 설마 하는 생각으로 고개를 돌리니, 쟁반에 컵을 받쳐 들고 걸어 들어오는 김 비서의 얼굴이 보였다.

"김 비서? 김 비서가 왜 여기 있어?"

"불만이시라면, 그냥 갈까요?"

"아니, 그런 얘기가 아니라 놀라서 그렇지."

"일단은 이것부터 드세요. 꿀물이에요."

김 비서가 내민 컵에는 달달한 향을 진하게 풍기는 꿀물이 담겨 있었다.

꿀꺽꿀꺽!

컵을 받아 들어 단숨에 내용물을 입으로 삼키자 달콤한 맛과 함께 속 쓰림이 서서히 가라앉기 시작했다.

"후, 이제 좀 살겠네."

"어우, 술 냄새. 대체 술을 얼마나 드신 거예요?"

"모르긴 몰라도 10병, 아니 그 이상은 먹었을걸. 나도 제정신이 아니지. 그 독한 걸 그렇게나 먹다니."

2016년과 달리 70년대의 소주는 그 도수가 무려 25도를 넘어가는 독주였다. 어지간한 주당이라도 쉽게 소화할 수 있는 도수와 양이 아닌 것이다.

"누가 회장님 아들 아니랄까봐 술이 강한 것도 똑같으시네요. 그 독한 술이 무슨 맛이 있다고."

"술이 꼭 맛으로 먹는 건 아니니까. 게다가 이 부분에 대해서는 김 비서도 책임이 있어."

"제 책임이요?"

김 비서가 무슨 소리냐는 듯 날 쳐다봤지만, 나라고 할 말이 없는 것은 아니었다.

"나보고 여러 인맥을 만들라면서? 그래서 이렇게 술을 먹은 거잖아. 덕분에 삼성의 이기용, 대우의 김영호, 기아의 김태민, 서강의 서준까지 사이를 돈독히 다졌다고."

"그, 그게 진짜에요?"

"그래. 거기에 이기용은 나보고 호형호제를 하자고 그러더군. 자기가 형, 내가 동생."

"대단해요. 말씀을 드리기는 했지만, 전혀 기대를 하지 않았는데 설마 황태자들과 그런 인연을 쌓으셨을 줄이야."

"황태자?"

김 비서가 고개를 끄덕이며 대답했다.

"현재 대한민국에서 재계 출신, 그것도 직계 중에서 서른 살 이전의 사업가들을 부르는 말이에요. 그중 삼성의 이기용은 사업적인 능력이나, 인맥에 있어서 당연 최고로 평가되고 있죠."

"……그 사람이?"

새벽의 기억이 떠오른다. 3·6·9에서 계속 연달아 걸려 쉴 틈 없이 연달아 벌주를 마시던 그의 모습이 말이다.

"아무튼 그는 허튼 소리를 하지 않기로 유명해요. 설령 그 소리가 술자리에서 나온 것이라고 해도 말이죠. 이기용 그가 정말 회장님께 호형호제를 하자고 제안한 게 사실이라면, 회장님은 꽤 좋은 카드를 손에 넣으신 겁니다."

"뭐, 그건 그렇다고 치고. 그런데 김 비서는 여기 어떻게 있는 거야?"

지금 상황에서 이기용과 호형호제를 한 다고 내게 어떤 것이 장점이 되는지는 잘 모르겠다. 그보다는 지금 내 눈앞에 김 비서가 어떻게 있게 된 것인지가 더 궁금했다.

"……정말 기억이 안 나세요?"

"모르겠는데."

"후우……."

한숨을 내쉰 김 비서가 내가 내려놓은 컵을 챙겨 들며 나직한 목소리로 입을 열었다.

"시간이 늦었는데도 회장님께서 내려오시지 않으셔서 강 기사와 함께 어디 계신지를 찾았어요. 그러다가 회장님께서 어떤 여자랑 호텔 방으로 갔다는 소식을 듣게 됐죠."

꿀꺽!

설마 이거 내 기억 속에 있는 박민지라는 여자인가?

"그, 그래서?"

"평상시라면 그냥 무시했겠지만, 한윤화의 일도 있고 해서 혹시나 하는 생각으로 방을 찾았습니다. 미리 말씀드리지만, 안전만 확인되면 그냥 돌아갈 생각이었습니다. 그런데 문 입구에서……."

"입구에서?"

"……회장님께서 여자를 돌려보내며, 그러시더군요. 이 몸은 좋아하는 여자가 있어서 미안하지만 당신과 함께 할 수 없다고요. 당신과 함께 하는 건 그 여자에게 대단한 실례라고요."

"아!"

이제야 생각났다. 분명 그 민지라는 여성은 날 부축해서 호텔 방의 입구까지 함께 왔다. 그리고 같이 방에 들어가려는 순간 내가 그녀를 거부했다.

본능이었는지 혹은 죄책감이었는지 모르지만, 지금 이 몸은 원래의 내 몸이 아니었고, 송지철이 김 비서를 좋아하고 있다는 사실을 알고 있었기 때문이었다.

"그래서 그녀가 물었지. 그 좋아하는 여자가 누구냐고? 그래서 내가 그 대답을……."

"그만!"

김 비서가 버럭 소리를 질렀다. 그녀의 얼굴은 잘 익은 홍시마냥 붉게 달아올라 있었다.

"김 비서……."

"그만 하세요. 어차피 저는 그날 이후 회장님에 대해서 이성적인 마음을 완전히 접었으니까요."

그날이라는 건 분명 송지철이 호텔에서 다른 여자와 함께 있을 때 김 비서를 불렀던 사건을 얘기하는 것일 것이다.

"잠깐만, 김 비서. 내가 정말 기억이 가물가물해서 그런데 혹시 그날 말이야 나한테 이상한 점 못 느꼈어?"

"그게 무슨 소리세요?"

지금이 기회다. 어차피 이 문제는 내가 이 몸을 떠나기 전에 반드시 확인을 하고 넘어가야 할 문제였다.

"알아. 나도 내가 제멋대로인 망나니라는 것쯤은 말이야. 그래도 다른 여자랑 있는데 김 비서를 부를 정도로 쓰레기는 아니란 말이야. 혹시 그날 조금 이상하다고 생각되는 거 없었어?"

"……."

"정말 내가 내 입으로 김 비서에게 그리로 오라고 했던 거야?"

"……편지 썼잖아요."

"어?"

"회장님이 직접 목걸이와 함께 편지를 써서 보냈잖아요.

진지하게 만날 의향이 있으면, 그 목걸이를 하고 편지에 적힌 장소로 오라고요."

"그 편지 내가 직접 줬던 것 아니지?"

"그야……."

대답을 하던 김 비서의 눈가가 파르르 떨렸다. 그녀도 이제야 뭔가 조금 이상하다는 생각이 든 것이다.

"혹시 그 편지 준 사람 누군지 알아?"

김 비서가 고개를 흔들었다.

"당시에 그저 도련님의 심부름을 왔다고 했어요. 하지만 편지는 분명 회장님의 필체였다고요!"

"필체쯤은 얼마든지 위조할 수 있다는 거 잘 알고 있잖아?"

"하지만 그런 짓을 할 사람이 대체 누가 있……."

말을 잇던 그녀가 입이 서서히 벌어졌다. 이전이었다면, 전혀 생각하지 못했었겠지만 이제는 그런 짓을 벌였을 법한 사람이 한 명 존재했기 때문이었다.

"설마 집사장이? 하지만 그렇게 해서 그 사람이 얻는 이득이 뭐가 있죠?"

"당연히 있지. 만약 그때 김 비서와 내가 잘 됐으면, 집안 살림의 권한을 더는 집사장이 가지고 있을 수가 없게 되니까. 애초에 수상쩍은 짓을 많이 저지른 집사장이라면, 똑똑한 김 비서가 집안 살림에 관여할 경우 자신의 잘못이 드러날까 봐 두려웠겠지."

"그래서 의도적으로 저와 회장님을 멀어지게 만들었다는 말씀이세요?"

"덕분에 김 비서는 날 완전히 쓰레기 같은 놈이라고 생각했고, 집사장에 대해서는 아무런 의심을 하지 않고 있었잖아. 안 그래?"

"……."

물론 이런 내 추측이 틀릴 수도 있다. 하지만 현재 앞뒤의 상황을 맞춰볼 때 난 내 추측이 90% 이상은 맞을 것이라고 확신한다.

"정말…… 만약 정말 그런 것이었다면, 회장님은 그때 왜 다른 여자랑 같이 있었는데요?"

"그건 나도 잘 모르겠어. 그때 왜 내가 거기서 그 여자랑 같이 있었는지 말이야. 다만, 한 가지 추측해볼 수 있는 것은 있어. 내가 내 정신, 그러니까 다시 말해 반쯤 정신이 나가 있던 상태라면 어떨까?"

"그게 무슨 소리예요?"

"김 비서가 그랬지. 내가 마약에 손을 댔고 그 사실을 정치권에서 알게 돼서 수습을 해줬다고. 그런데 과연 내가 그 마약을 어디서 구했을까?"

"그거야 회장님이 아시겠죠!"

"진짜 미안하지만, 난 내가 마약을 했다는 기억이 전혀 없거든."

내가 봤을 때 송지철은 본인이 직접 마약을 구할 수 있을 정도의 능력이 없다. 아니, 백번 양보해서 본인이 마약을 구해서 했다고 치자.

그런데 어째서 내가 이 몸에 깃든 지 5일이 넘는 시간이 지났음에도 금단 현상이 생기지 않았을까?

분명, 꾸준하게 마약을 복용했다면 지금쯤 헛것이 보이는 등의 금단 현상이 나타났어야 정상이었다.

"기억에 없다면, 본인도 모르는 사이에 마약을 먹었다는 말이에요? 그게 말이 된다고 생각하세요?"

"그보다 한 가지 궁금한 게 있어. 대체 내가 마약을 했다는 소리는 어디서 흘러나온 거야? 김 비서가 직접 본 것도 아니잖아."

"그거야 당연히 정치권에서 그런 소문이 흘러나왔고 전 대 회장님이 사실 확인을 위해 회장님을 불러 물으셨죠. 회장님은 아니라고 하셨지만, 검사 결과 성분이 노출되는 바람에…… 아!"

갑자기 김 비서의 입에서 탄식이 흘러 나왔다.

"뭐 생각나는 거라도 있어?"

"한진 병원의 공부천 병원장이라고 기억나시나요?"

"공부천…… 공부천? 혹시 집사장이 몰래 만났던 사람들 중에 한 명?"

"맞아요. 그것도 한두 번이 아니라 꽤 자주 만났죠. 그리고 회장님의 체혈을 통해 성분 결과를 의뢰한 곳도 바로 한진 병원이었어요."

"두 가지를 추측해 볼 수 있겠네. 한윤화가 병원장을 매수해서 약을 얻어 의도적으로 내게 먹였거나 그게 아니라면, 검사 결과를 조작했거나. 난 진짜 마약을 한 기억이 없거든."

서서히 퍼즐이 맞춰지고 있었다. 결국, 어떠한 답이 되었든 애초부터 이번 일에는 집사장인 한윤화가 깊이 연관되어 있다는 소리였다.

"이쯤 되면, 무서울 지경이네. 대체 그녀가 어디까지 손을 써 놨는지 말이야."

"만약 지금 회장님이 하신 말씀이 전부 사실이라면…… 죄송합니다. 아무래도 제가 너무 성급하게 생각을 했던 것 같네요."

"아니야. 김 비서가 아니라 그 누구라도 마찬가지였을 거야. 아버지의 측근이었기에 단 한 번도 의심을 하지 않은 우리가 똑같이 바보였던 거지."

"회장님……."

"그래도 다행인 건 지금이라도 알았다는 거야. 그리고 더 다행인 건 김 비서와 나 사이의 오해가 풀렸다는 거고."

부드럽게 미소를 지으며 말하자, 김 비서의 눈가에 습기가 피어올랐다. 톡 건들면 당장이라도 눈물이 볼을 타고 흘러내릴 것 같았다.

'이거 지금 분위기 나쁘지 않은데?'

비도크의 기억에 의하면, 지금은 남자가 들이댈 타이밍이었다. 용기를 가지고 당당하게 말이다.

꿀꺽!

"저기 김 비서."

"회장님⋯⋯."

오른손을 들어 올려 조심스레 김 비서의 뺨으로 가져갔다. 따뜻한 기운과 함께 떨리는 느낌이 전해져 왔다.

'그래, 이건 어디까지나 내 욕망을 채우려는 게 아니라. 송지철을 위해서야.'

눈동자에 김 비서의 붉은 입술이 점차 확대 되어 들어왔다. 그 사이 내 얼굴은 점점 그녀와 가까워지고 있다.

그리고 그것을 느낀 김 비서 역시 차츰 눈을 감아가기 시작했다. 심장의 두근거림이 거세지며, 막 서로의 입술이 닿으려던 찰나였다.

[정착자가 여행자의 마음에 동조합니다.]

[동기화가 대폭 상향됩니다.]

[현재 동기화는 65%입니다.]

상황 파악 못하고 동기화가 향상 됐다는 메시지도 잠시.

"회장님!"

벌컥!

갑자기 문이 열리며 강 기사가 침실로 뛰어 들어왔다.

"큰일, 큰일 났…… 두 분 지금 뭐하십니까?"

다급히 뛰어 들어왔던 강 기사가 서로 등을 마주대고 고개를 돌린 나와 김 비서를 향해 물었다. 김 비서는 새빨갛게 달아오른 얼굴로 침실의 창문만을 바라보고 있었다.

"흠흠, 내가 눈에 뭐가 좀 들어가서 김 비서에게 좀 봐달라고 했네. 그보다 무슨 일인데 노크도 없이 들어온 건가?"

절호의 기회를 놓쳤기 때문일까, 당연히 강 기사를 향한 말이 고울 리가 없었다. 하지만 강 기사는 그런 말투 따위는 상관없다는 듯 다급히 말을 이었다.

"제가 설명드리는 것보다는 일단 이리 나와서 텔레비전부터 보시죠."

"응?"

갑자기 텔레비전을 권하는 강 기사의 행동에 창밖을 향해 고개를 돌리고 있던 김 비서도 시선을 돌려 의아한 표정을 지었다.

이윽고 그의 말에 따라 거실로 나가니 강 기사가 지체 없이 텔레비전의 전원 버튼을 눌렀다.

[저는 현재 제주의 성산항에 나와 있습니다. 지난 밤 8시 10분 경 이곳에서 승객 128명과 감귤 상자를 실고 떠났던 선박 남영호가 15일 새벽 1시 15분, 전남 여수에서 동남(東南)쪽으로 28마일(약 52km) 떨어진 해상에 이르렀을 때 불기 시작한 심한 바람으로 인해 침몰했습니다. 서귀포 항을

거쳐 성산 항에서 출발한 남영호에는 현재 확인 결과 승객 338명과…….]

 "이게 무슨 소리야? 배가…… 침몰했다고?"
 속보로 나오는 뉴스를 보는 순간 이제야 난 알 수 있었다. 지금까지 계속해서 느껴지던 불안감의 실체. 그것은 1970년 12월 15일 대한민국에서 일어난 끔찍한 해상 참사 중의 하나인 남영호의 침몰 사건이라는 것을 말이다.

〈4권에 계속〉